우리는 농담이(아니)야

(리:플레이)

우리는 농담이〈아니〉야

이은용
희곡집

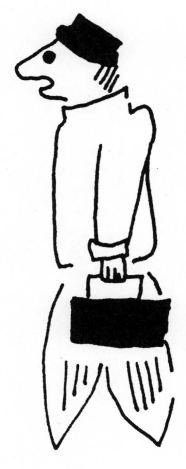

제철소

나는   여기 있다.

하지만   아 무 도   내   이야기를

하지 않아,

내가   내 이야기를   하게   되었다.

암 언 아티스트 앤
트랜스젠더

이은용이 희곡을 쓴 건 한 줌의 시간이었을지 모릅니다. 반면 이은용의 희곡은 생존하고 분투하고 사랑했던 인생 전체를 드러냅니다. 희곡의 성질인지 이은용 인생의 힘인지 알 수 없지만 희곡 속에서 이은용은 여전히 유쾌하고 다정합니다.

2020년 봄 어느 날, 이은용은 「변신 혹은 메타몰포시스」 초고를 보여주었습니다. 스물여덟 살 트랜스젠더 남성이 열여섯 살 소년으로 변신하여 살아가는 그 이야기를 처음엔 이해할 수 없었습니다. 지금 그대로의 이은용을 사랑했고 최선을 다해 도달한 현재의 삶에 자부심을 느끼고 있을 거라 믿었기 때문입니다. 왜 지금의 자신과 가장 멀리 떨어진 존재가 되고 싶은 걸까. 이은용은 말했습니다. 나는 그 시간이 꼭 필요해요. 이은용의 유쾌함과 다정함이 실은 불안하고 위태로운 경계 위에 있었음을 몰랐던 제 자신이 부끄러웠습니다. 동시에 나는 평생을 살아도 저런 말을 할 수 없겠구나, 그런 열등감이 들었습니다. 없었던 것을 욕망하는 것. 시간을 표현하는 것이 좋아 희곡을 쓰는 사람으로서 그 말처럼 시간의 본질을 정확히 아는 말을 들어본 적이 없습니다. 그런데 본질을 안다는 건 뭘 의미할까요. 내 존재의 이유를 끊임없이 물어야 하는 지독한 삶일 겁니다. 이은용은 늘 웃는 얼굴이었습니다. 먼저 인사를 하고 말을 걸고 농담을 하고 함께 걷는 사람을 기분 좋게 하는 발랄한 걸음걸이를 가졌습니다. 이제와 생각해보니 그 모든 것이 성공한 농담인 것만 같습니다. 그렇게 이은용은 희곡 쓰기를 통해 열여섯 소년의 삶을 얻었고, "암언 아티스트 앤 트랜스젠더"를 외치며 수많은 국경과 경계를 넘었습니다. 내가 누군지 한 치의 망설임 없이 말할 수 있는 사람만이 오늘도 경계의 문을 두드려 월경할 수 있기 때문입니다. 이은용의 희곡은 인생의 대부분을 자기가 누군지 말하기 위해 살아온 사람의 이야기입니다. 이은용의 희곡 쓰기는 그렇게 오래전부터 시작되었습니다.

「우리는 농담이(아니)야」는 한국예술종합학교 연극원 신작희곡페스티벌 당선작인 「그리고 여동생이 문을 두드렸다」에서 비롯되었습니다. 2019년 10월 연극원 상자무대2에서 선보인 3회의 공연은 극작가 이은용을 알리기에 충분했습니다. 이후 성북문화재단의 제안으로 「우리는 농담이(아니)야」가 기획되어 2020년 7월 23일부터 8월 2일까지 성북문화재단과 '여기는 당연히, 극장' 제작으로 미아리예술극장에서 공연되었고, 이듬해 2021년 7월 22일부터 8월 1일까지 같은 곳에서 재공연되었습니다. 「세상의 첫 생일」「우리는 그것을 찾아서」「엄마, 엄마」는 연극원 극작과와 연출과의 실습과정인 '창작콜라보레이션'에서 발표된 작품으로, 2020년 봄부터 초여름까지 연극원 학생들의 협업으로 공연되었습니다. 유작이 된 「가을 손님」은 웹진 〈연극in〉의 의뢰를 받아 2020년 가을에 쓴 작품으로 대본과 함께 '여기는 당연히, 극장'이 제작한 음성 낭독이 웹진 〈연극in〉에 실렸습니다.

　　이은용이 극장 문을 두드렸을 때 이은용은 작가로서 그리고 동료로서 환영받았고 이은용의 세계는 무대 위에서 세상의 중심이 되었습니다. 오랜 친구들이 매일 찾아왔고 새로운 친구들도 늘어갔습니다. 만약 직접 이 책의 서문을 쓸 수 있었다면 가장 먼저 극장에서 만난 모든 이들에게 감사의 인사를 전했을 겁니다. 이은용의 날카로운 농담이 정곡을 찔러 객석에서 웃음이 터지던 순간 이은용을 보기 위해 고개를 돌렸습니다. 그는 미동도 없이 눈을 빛내며 마치 홀린 듯 무대를 바라보고 있었습니다. 긴 여행에서 돌아와 이제는 극장에 집을 짓고 극작가로 오래오래 살아갈 것이라 믿게 했던 그 모습이 자주 떠오릅니다. 이은용의 희곡들이 그의 소망대로 세상의 오늘을 살아내는 모든 소수자들과 분투하는 모든 이들에게 닿기를 바랍니다. 곁에 있는 사람들, 떠나간 사람들 모두 행복하기를 진심으로 바랍니다. 친구와 작가로 이은용이 오래오래 기억되었으면 좋겠습니다.

고연옥(극작가)

차 례

우리는
농담이
(아니)야

고대 그리스에 테이레시아스라는 사람이 살았다. 소년 시절 그는 숲길을 지나다 교미하는 뱀들을 보고 무심코 지팡이로 때렸다. 그 자리에서 그는 소녀로 변해 그 몸으로 몇 년을 살았다. 그러던 어느 날 길을 지나다 다시 그 뱀들이 교미하는 것을 보았다. 그는 다시 뱀들을 때렸고 다시 남자로 돌아갔다.

이 이야기에서 주목해야 할 것은 결국 테이레시아스는 남자로 돌아가길 택했다는 점이다. 2020년 현재, 트랜스젠더가 존재하느냐 아니냐 정의하기 앞서 이 지점을 이해해야 한다. 누군가는 이 육신으로─정신으로 존재하기를 선택했다. 누군가는 선택지가 있을 때 그것을 택해야만 한다. 그리고 그 선택은 언제나 경계의 교묘한 사이로 이어진다. 이분법적 사회가 인간을 여성과 남성으로 갈라놓는다면, 그 경계에는 문이 있다. 우리는 그 문을 계속 두드린다.

이 희곡은 그 문과 두드림에 관한 이야기이다.

—— 문 하나.

공항에서 국경을 넘는다. 국경을 지키는 이들은 넘는 이들을 검사하며 묻는다. 이 여권의 사람은 당신인가요? 기재된 성별과 당신의 심신은 일치하나요? 여성과 남성 중 누가 당신의 신체검사를 담당하기를 바라나요?

둘 중 누군가가 나의 몸을 만진다. 빠르게.

둘 중 누군가가 나의 몸을 묻는다.

시간과 공간이 충분하다면 지킴이들은 더 많은 질문을 던질지도 모른다. 당신은 어떻게 이 경계를 넘게 되었나요? 왜 그러기로 결정하셨나요? 당신의 육신은 그 경계의 어디 즈음에 있나요?

천국이 존재하여 그 앞에도 문이 있고 그 열쇠를 잡은 사람이 있다면, 그도 같은 질문을 던질까? 경계를 월경하는 공간에서는 언제나 그런 질문들이 남을지도 모른다. 천국의 경계 앞에 선 문지기 또한 인간의 언어로 세상을 말한다면.

0
매일의
죽음

등장인물　　서나

　　　　　　　영후

　　　　　　　(소리)

서나	버스가 충돌하더니 연쇄적으로 폭발이 일어난다. 불길에 휩싸여 아이들이 비명을 지르는 가운데 서나는 창문을 깨고 도망치고, 가파른 언덕을 구르다시피 달린다. 이번에는 그가 딛고 있는 땅이 갈라지고 다시 무너진다. 깊은 틈새를 겨우 피해 올라오니 하늘에서 비행기가 추락하고 있다. 거대한 비행기가 끓는 연기를 내뿜으며 언덕을 긁자 그 자리에서 다시 불길이 일고 폭음이 울린다. 모든 현실은 세 배속쯤 빠르게 돌린 재난영화 같다. 사방에 피와 불길이 낭자하다. 그 가운데에서 서나는 용케 살아 있다. 집약적인 재난을 모두 간발의 차로 피해냈다. 현실성 없는 현실에 본인마저 그 운을 신기해하는데 아직 남아 있는 언덕 저편에서 피난민들을 태우는 버스가 도착한다. 몸속에서 발광하는 아드레날린을 잠재우며 서나는 눈을 감는다. 집에 도착해 다시 눈을 뜨니 그는 침대 위다. 엄마, 사고 뒷정리는 어떻게 됐대요?
소리	사고라니, 그건 무슨 소리니?
서나	분명 비행기와 비명을 피해 달렸던 감각이 선명한데, 서나는 어제의 사고가 없는 세계에 살고 있다. 엄마는 물론이고 주위의 사람들도 그 비현실적으로 어

마어마한 사고를 기억하지 못한다. 언론에는 버스가 미끄러진 자국조차 없다. 그러나 사고가 났던 들판은 재개발 구간이 되어 있고, 버스에 타고 있던 친구들은 처음부터 없던 사람이 되어 있다. 책상이 사라진 티가 나지 않는 교실에는 넓게 빈 사물함 뒤편만 있다. 그 날 학교에서 돌아오는 길, 서나는 발치 바로 앞으로 떨어진 벽돌과 마주한다. 공사 구간에서 떨어진 것이다. 우와. 운이 좋았네. 다시금 간발의 차로 죽음을 비껴간 기분, 가족들에게 이야기하자 모두 입을 모아 말한다.

소리　　몸조심 좀 하고 다녀.

서나　　다음 날 문을 열었더니 엘리베이터를 탈 자리에 반질한 벽만 있다. 엄마, 엘리베이터가 없어졌어요!

소리　　엘리베이터라니, 그건 무슨 소리?

서나　　벽에는 새로 회칠한 자국조차 없다. 서나가 일어난 하루는 엘리베이터가 없는 세상이다. 그런 매일이며 매일이 계속 지나간다. 그는 매일 직전에 스쳐 가는 죽음과 마주하고, 다음 날 알던 것들이 하나씩 사라지는 세계를, 받아들인다. 손가락을 녹슨 못에 찔리고, 계단에서 굴러떨어지고, 은행을 점거한 총기 난사범과 마주치고, 화학 실험 중에 폭발이 일어난다.

터키와 케이티엑스와 프러시안블루와 음계 중 솔이
사라진 세계의 어느 날, 그때쯤 서나는 뭐가 새로 없
어졌는지 헷갈리던 참이다. 서나는 영후와 마주쳤
다.

영후   너도 이미 죽었구나?

서나   죽었다니 그건 무슨.

영후   아직도 몰랐어? 우린 이미 몇 번씩 다 죽은 거야. 매
일 죽을 때마다 세상이 부분씩, 조각조각 사라지지.
난 이미 이백마흔두 번 죽었어. 그쯤 되면 서너 번
죽은 사람 정도야 쉽게 알아보지. 환영해, 우리 같이
잘 지내보자.

서나   다음 날 서나의 세계엔 가족들이 없었으므로, 빈방
에는 영후가 살게 되었다. 영후는 요리를 잘했고, 입
이 좀 험한 카페 알바생 같았는데 꽤 좋은 동거인이
었다.

영후   내일은 뭐가 없어질지 모르니까 오늘 열심히 다 챙
겨둬야 해, 아스파라거스크림파스타 먹어봤어?

서나   아니.

영후   아아, 그럼 오늘 해줄게. 죽순버섯 넣어도 맛있는데
그거 아직 있으려나.

서나   내가 알기로 그런 버섯 없어.

영후　　크림생맥주나 한잔하는 거 어때?

서나　　그것도 없어.

영후　　아, 빌어먹을.

서나　　세상에 더 이상 아무것도 없어질 게 남지 않으면, 어떻게 될까?

영후　　아마도 다음에 없어지는 건 우리가 되겠지.

서나　　영후는 서나의 날갯죽지에 뺨을 기대며, 치아 자국을 남긴다. 다음 날에도 사라지지 않았다. 매일 하나씩 비어가는 세상을 공유하는 사람이 있다는 것은 나쁘지 않은 감각이었다. 적어도 그 지식을 공유할 사람이 있다는 것은. 욕실 바닥의 채 마르지 않은 물에 미끄러져 머리를 박은 채, 서나를 내려다보는 영후로부터.

영후　　내일은 제발 그의 생리통이 사라지길.

　　　　　학교 끝나면 일찍 돌아와. 나 혼자 집에 남아 있는 거 싫어. 멋대로 다른 애들이랑 노닥거리지 마. 난 뭘 하든 상관없단 얘기인가. 오늘 한강 공원에 놀러 가고 싶으니까 같이 가자. 오, 선생님이 널 알아보지 못했다고? 하긴, 그래 봐야 너 내가 없으면 여기서 네가 죽어가고 있다는 사실 아는 사람이 있겠어?

서나　　그리고 아직 운동장과 3층까지 건물이 남아 있던 학교 친구들과 밤새 놀고 돌아오는 길, 불 꺼진 거실에서 텔레비전 채널을 돌리던 영후는 짐짓 무심한 척 서나를 돌아보며 웃었다.

영후 어차피 없어지면 널 기억하지도 못할 애들인데, 꽤 재미있었나 봐?

서나 세상이 하나씩 사라져가는 현실에 서나는 의외로 초연했다. 배경이 한가해진 지평선은 의외로 널찍하게 보였으니까. 물론 그것은 치즈버거와 밤식빵이 사라지기 전의 세계에서만 한정된 일이었다. 단골 빵집에서 마침내 "레몬타르트라니, 그건 뭐죠?"라는 질문을 들어버린 서나는 비명을 지르며 집으로 돌아왔다. 이미 없어져버린 것들이라 요리법을 알아도 만들 수 없는데! 말도 안 돼! 영후는 별 대수롭지 않다는 표정으로 받아쳤다.

영후 신장 한쪽이 없어진 것도 아닌데 뭐. 난 이미 하나 없어졌거든.

서나 어느 날인가 서나는 아침에 일어날 때, 다음 세상은 영후가 없어진 세상이면 좋겠다고 생각한다. 하나씩 없어져가는 세상에 아무도 없이 혼자 남은 사람이 되더라도 상관없을 것 같다. 영후가 사라지면 우리 둘의 세상은 갈라지는 걸까 아니면 정말 영영 사

라지는 걸까? 서나는 알 수 없었다. 결국에는 영후
도 서나 자신은 아니었다. 세계 일부에 불과한 이상
그는 쉽게만 사라지는 매일과 같은 거라고 서나는
생각한다. 허공처럼 가벼운 매일매일, 세계의 조각
들. 너는 나와 함께 매일의 죽음. 며칠 뒤 아침 서나
의 옆은 차갑게 텅 빈 채 아무도 없었다.

영후　　영후는 어깨를 으쓱, 한 뒤 조용히 빈방을 둘러보며
손을 한 번 흔들었다. 가볍게.

1
월경

시간   2010년대 어느 시간들

공간   유럽 어느 공항의 입국 심사대, 동남아 어딘가의 공항과 숙소들

하나, 월경月經

성숙한 여성의 자궁에서 주기적으로 출혈하는 생리 현상

둘, 월경越境

국경이나 경계선을 넘는 일

진희　　자, 시작하기에 앞서 질문들 받겠습니다. 나중에 혼
　　　　란스럽다거나 못 알아듣겠다거나 이런 말씀 마시고
　　　　궁금하신 거 있으면 지금 다 물어보세요. 네. 저는 여
　　　　성으로 태어났고 남성으로 트랜지션했습니다. 성전
　　　　환에 따르는 모든 과정들, 호르몬 치료나 수술 등을
　　　　트랜지션이라고 해요. 아, 이렇게 된 지는 한 10년 되
　　　　었어요. 길다면 길고 짧다면 짧죠.
　　　　네, 제 트랜지션은 호르몬 치료와 가슴 수술입니다.
　　　　몇 년 전까지는―아직도 그런가요?― 정신과에 먼
　　　　저 가서 한 20만 원 하는 검사를 받아 진정한 트랜
　　　　스젠더임을 인증받으면 성전환증 진단 서류가 나왔
　　　　습니다.―웃으라고 한 농담인데 아무도 안 웃으시
　　　　네요.―여하튼 그걸 들고 병원에 가면 호르몬 주사
　　　　를 맞을 수 있어요. 병원에 가서 맞을 수도 있고, 앰
　　　　플과 주사기를 사서 직접 놓을 수도 있어요. 저요?
　　　　저는 자가 주사를 놓는 쪽이요. 그러니까 트랜스젠
　　　　더 친구의 집에서 주사기를 보았더라도 너무 수상하
　　　　게 생각하지는 마세요. 가슴 수술, 네. 성형수술로 분
　　　　류됩니다. 의료보험, 되지 않고요, 10퍼센트 부가세

가 붙어요. 보통 300만 원 정도 나와요. 추가적인 정보가 필요하신 트랜스젠더 분들은 이따 끝나고 찾아오시면 좀 더 자세한 정보를 가르쳐드릴게요. 네. 네. 그렇게 아프거나 힘들지는 않아요. 그래도 수술은 수술이죠.

더 궁금하신 분들? 아, 호르몬의 작용. 일단 목소리가 낮아져요. 그리고 수염이 자라고. 트랜스젠더가 '되어서' 좋은 점이요? 글쎄, 일단 저의 경우만 한정해서 말하자면…… 삶의 경험이 다채로워지고, 월경이 멈추죠. 가장 좋은 게 이 점이라고 생각해요. 아실 분들은 아시겠지만. 여러 가지 의미로 제 인생은 생리를 하던 때와 하지 않던 때로 나뉩니다.

아, 마지막 분들? 아. 결국 저 질문이 나오네요. 성기 '재건' 수술은 안 받았어요. 이것 참 가이드북을 만들어서 매번 가져다드릴 수도 없고……. 제가 모든 질문이든 다 하라고 해놓고 거절하는 건 왠지 그렇네요. 네? 자궁이 기능하던 때가 기억나느냐고요? 글쎄요. 자궁이 있는 건 어떤 느낌이죠? 월경을 하는 것은요?

유럽 어느 공항의 입국 심사대. 대화는 모두 영어나 외국어로 진행되지만 한국어를 써도, 원어를 써도 상관없다.

박진희가 배낭을 메고 직원1 앞에 선다. 창구 사이로 여권을 내민다.

진희   안녕.

직원1, 여권 한참 넘기다가 묻는다.

직원1   방문 목적은?

진희   관광. 휴가차.

직원1   어디서 지낼 예정이죠?

진희   친구네 집. 내 친구가 뒤셀도르프에서 공부를 하고 있어서, 거기 살고 있어요. 잠깐 거기 머물다가 베를린에 있는 다른 친구네 집으로 이동할 거예요.

직원1   베를린에 있는 친구도 유학생인가요?

진희   아뇨. 베를린에서 일해요. 다들 아티스트. (방백) 사실 무슨 일을 하느냐는 질문을 받을 때는 예술가라고 말하는 게 가장 마법적으로 옳은 일이다. 왜냐하면.

직원1   여기 여권 서류에 있는 사람이 당신이 맞나요?

진희   네. 본인인데요. 뭔가 문제라도?

직원1   (여권과 진희를 잠시 번갈아 본다) 이 서류가 말하길 당신은 여성이라고 하는데요. 실례지만, 당신은 여성처럼 보이지 않는데, 이게 본인이 맞나요?

진희 네. (방백) 이 상황은 여러 가지를 증명한다. 첫 번째, 근 몇 년간 비싼 돈 들여가며 맞은 나의 호르몬이 제 일을 잘하고 있다는 뜻. 두 번째, 때때로 공항 직원들은 정말로 열심히 서류를 읽는다는 것. 세 번째, 내게는 이 상황을 종료시킬 수 있는 마법의 키워드가 있다는 것. (직원을 향해) 암 트랜스젠더.

직원1 아. 오케이.

진희 (방백) 과연 무엇이 오케이인 것인가?

직원1 당신의 직업은?

진희 암 언 아티스트.

직원1 오케이.

직원1, 도장을 쾅 찍는다.

진희 (방백) 내가 역시 그랬지 않은가. 암 언 아티스트는 마법의 단어라고. 당신이 어지간히 수상해 보여도, 당신이 예술가라는 말을 하는 순간 당신은 자유로워진다. 심지어 암 언 아티스트 앤 트랜스젠더라고 말하면 당신은 어느 국경이든 통과할 수 있다. 아시

안 트랜스젠더 아티스트. 월경할 수 있는 마법의 단
어가 당신에게 주어진 것이다. 물론 이 상황은 어느
곳에서 어디에서나 즐겁게 활용할 수 있다. 예컨대.

(실제 공간과 순서와는 상관없이) 수하물 검사대를 지나는 박진희, 가방
을 차례대로 올려놓고 두 팔을 들고 검색대를 지난다. 진희가 검색대
앞에 서는 순간부터 직원들 사이에 묘한 혼란이 맴돈다. 진희가 검색
대를 통과하자 직원2와 직원3이 서로 눈을 마주친다. 아주 짧고 묘한
시선이 오간다.

진희   (방백) 지금 저들은 나를 두고 일대의 고민에 빠져
           있다. 국경을 넘는 트랜스젠더들에게 발생하는 흔한
           일이다.

직원2   실례합니다. 당신은 여자, 아니면 남자?

진희   암 트랜스젠더. 피메일 투 메일.

직원2   아, 오케이. 그럼 여자와 남자 중 어느 쪽이 바디 체
           크하는 게 편해요?

진희   딱히 상관은 없어요. 편한 쪽으로.

직원2와 직원3이 다시 눈을 마주하고 뭔가 대화한다.

진희　　　　(방백) 그들은 차별주의자가 되지 않기 위해 노력하고 있다. 혹은 나에게 불편을 주지 않기 위해 최대한으로 애쓰고 있다. 여자 검사관이 몸을 만진다. 침착하게, 사무적으로. 결국 나의 성별과 육체는 침착하게 사무적으로나 대하는 것이다. 국경을 넘기 위해서는, 월경하기 위해서는 겨우 이것이 끝이다. 그리고 월경은 농담이 맞으니 웃어도 된다. 웃어라. (직원을 보며) 에브리씽 오케이?

직원3　　　오케이, 굿럭.

진희　　　　오케이, 땡큐.

진희, 걸어서 검사대를 통과하면 팻말이 보인다. '독일'.

진희　　　　(방백) 국경을 넘어 다니는 것은 트랜스젠더에게 대충 이런 느낌이다. 이런 유사한 경험, 감각을 느낀 적 있는가? 당신이 트랜스젠더이든 아니든 상관없다. 어딘가에 선이 그어져 있고, 그 선은 때로 벽 같아서 그걸 지키는 사람들이 늘 서 있다. 그들은 언제나 질문을 던진다. 내가 누구인지 묻는다. 국가를 떠나는, 월경하는, 나는 누구인가? 나는 걸어서 그 벽을 계속 지난다.

계속 걸어서 팻말을 지나가면 새로운 팻말이 나온다. '캄보디아'. 나무 혹은 비슷한 공간에 해먹이 걸려 있고 진희는 가방을 내려놓고 눕는다. 얼마 지나지 않아 전화가 걸려온다.

진희   응, 네. 맞아요. 트래킹 예약하려고 어제 전화했던 사람인데요. 한 명. 오늘부터 시작해서 사흘 안으로 출발하는 일정이면 다 좋아요. 네. 한 명으로는 출발하기 어려운가요? 대신 출발하는 다른 팀에 합류하는 건 가능하고요? 네네. 그거 좋네요. 그렇게 부탁드려요. 남자 한 명. 함께 출발하는 인원은 누구든 상관없음.

진희, 통화를 끝내고 해먹에서 한동안 뒹굴거린다. 그저 누워서 휴대폰을 잡고 놀기도 하고, 휘파람을 불기도 하고, 담배도 피운다. 해먹에서 자세를 고치던 진희, 갑자기 미간을 찌푸린다. 몇 차례 뒤척거리다가 일어나 앉는다.

진희   아, 아!

슬쩍 주위를 둘러보고, 입고 있던 반바지를 들춰보는 진희.

진희   (방백, 조금 비장한 목소리로) 때는 겨울, 캄보디아에서
       예정 없이 여행을 한 달 연장한 뒤. 생리가 터졌다.
       아무런 예상도 하지 못……했다라고 말하면 좀 거
       짓말이다. 문제는 이렇게 시작되었다. 원래대로라면
       4주에 한 번씩 맞아야 하는 테스토스테론을, 한국에
       서 떠날 때 그만 '깜빡'해버린 것이다.

소리 없이 해먹에서 괴로워하는 진희. 약간의 소심한 몸부림.

진희   아이고 씨발, 뜻대로 되는 게 없어……. (방백) 그렇
       게 호르몬 주사를 '깜빡'해버리고 캄보디아에서 두
       달을 펑펑 놀았다. 아니, 호르몬을 맞은 지 어언 몇
       년이 흘렀으니 난소도 알아서 기능을 멈췄겠거니 싶
       었지. 게다가 캄보디아는 또 얼마나 아름다운지, 그
       런 귀찮은 것들은 다 까먹어버릴 만했다. 햇살은 따
       사롭고 과일은 달콤하고 밥은 맛있고. 대자연은 경
       이롭고 해먹은 편안하고.

진희는 말하다가 멈추고 자리에서 일어나 해먹을 확인한다. 아무것도
묻지 않았다는 걸 깨닫고 안도하는 진희.

진희   아니 애초에 해먹에 피가 묻을까 봐 왜 이렇게 걱정
해야 하는 거야. 내가 해먹에서 뭐 이상한 짓을 한
것도 아니고. 생각해보면 태초 이래 인류의 절반은
언제나 이렇게 피를 보며 살아오지 않았나? 물론 그
피를 내가 꼭 지금 봐야 할 필요는 없었지만.

(방백) 그렇게 나는 호스텔의 휴지로 대충 갈무리를
하고 15분 거리에 있는 마트까지 우울한 기분으로
걸어간다. 직원은 친절하고 다정해서, 왜 외국인 남
자 관광객이 탐폰 한 박스와 담배 두 갑과 과자를
사는지 절대 물어보지 않는다.

진희, 잠시 사라졌다가 옷을 갈아입고 돌아온다. 손빨래한 반바지를
대강 빨랫줄에 걸쳐놓고 다시 해먹에 눕는다.

진희   (방백) 좀 우울한 마음으로 지는 해를 보고 있던 중
이었다. 전화는 딱 그런 때 걸려온다.

(전화를 받으며) 여보세요? 아, 아까 전화했던 여행사
요. 뭐라고요. 내일 출발하는 팀이 생겼어요? 딱 여
행사 문 닫기 전에 와서 예약하고 간 커플이 있다고
요……. 2박 3일간 정글 트레킹을 한다고요……. 검
증된 가이드와 함께 자연공원을 탐사하고 동물들

을 보고 폭포 옆에 해먹을 걸어놓고 잠을 잘 거라고
요…….

(방백) 이 낭만적이고 하드코어한 일정 앞에서, 나는
진정으로 고민한다. 과연 내가 몇 년 만에 마주하는
월경과 함께 2박 3일간 정글을 누빌 수 있을까? 어
차피 인류의 절반은 원래부터 월경하며 산도 넘고
여행도 하고 바다도 건너며 강인하게 살아오지 않
았던가? 사흘간 월경과 함께 산을 타는 것도 매우
훌륭한 경험이 될 것이다. 암, 어디서 이런 경험을 또
해보나.

진희, 해먹에서 세 번 정도 자세를 바꾸어본다. 앉았다가 바르게 누웠
다가 옆으로 누웠다가 다시 전화를 받는다.

진희　　……네, 아무래도 가기 어려울 것 같네요……. 미안
합니다. 갑자기 사정이 생겨서 2박 3일씩은 어려울
것 같아요. 네. 정말 좋은 기회인데 저도 너무 아쉽
네요. 정말 좋은 기회인데.
(방백) 낭만적이고 하드코어한 여행을 갈 수도 있었
을 것이다. 그러나 월경과 함께 여행하기는 내가 '짬'
이 너무 부족했다. 그간 생리를 안 한 지가 너무 오

래되어 다 까먹어버렸다 뭐 그런 거다. 원래 어떻게 살았는지 생각이 영 안 났다. 게다가 그것을 '몰래' 하고 있어야 한다는 것, 몰래 나무 뒤에서 폭포 옆에서 자연공원 안에서 탐폰을 갈아야 한다는 것은 참. 정말이지 엄두가 안 났다. 과도한 공포마저 들었다. 이를테면 산에서 막 피 냄새가 퍼지고 그걸 맡은 짐 승들이 몰려오고 나는 봉투 안에 모아놓은 쓴 탐폰 들을 던지고 뭐 그런.

이런 나를 겁쟁이라고 비웃어도 좋다. 사흘 안에 이 출혈이 멈출 가능성은 전무하다. 나는 이 땅의 성실 한 트랜스젠더와 생리하는 자 모두를 부끄럽게 만 들었다.

진희, 멍하게 지는 해를 바라본다.

진희   일몰이 참 아름답다. 그야말로 핏빛이다.

천천히, 해가 다 진다.

진희   자궁이란 그래서 무엇인가, 예컨대 이런 대화를 상 상해볼 수 있다.

친구1 진희야 자궁이 있는 건, 어떤 느낌이라고 할 수 있을까?

진희 흠. 글쎄. 별로 기분 좋게 의식해본 적이 없어서 잘 모르겠는데. 우리 한번 자궁에 대해 이야기나 해볼까?

친구1 버자이너 모놀로그?

진희 움 모놀로그Womb Monologue? 유터러스 다이얼로그 Uterus Dialogue?

친구1 이건 좀 조심스러운 질문이긴 한데. 진희야 혹시 너도, 중요한 일이 있거나 여행을 갈 때 꼭 생리가 시작되는 거 느끼니?

진희 응 매우. 아주 희박하게 생리를 한다는 걸 고려할 때, 매우 절묘하게 겹치는 느낌이 있어.

친구1 자궁에게 좀 자의식 같은 게 있는 거 같지 않니?

진희 ……어.

친구2 진희야 자궁이 있는 건 어떤 느낌이니?

진희 음…… 글쎄……. 이걸 대체 어떻게 설명할 수 있을까……. 그냥 배 속에 추가 장기가 하나 더 있다는 느낌인데. 그 장기가 내 의지나 내 의사와는 다르게 움직인다는 느낌?

친구2 하지만 대부분의 장기가 우리 의사대로 움직이지 않잖아?

진희 　그런가? 그렇지만 눈이나 혀 같은 건 보통 우리 뜻 대로 기능하잖아. 이건 뭐 호르몬의 작용에 따라 멋 대로 움직이고, 가끔 생리도 터져서 피바다를 연출 하고. 특히 트랜스젠더 입장으로선 있어서 특별히 좋을 게 없다 싶긴 한데.

친구2 　자궁이 있다는 감각 같은 게 있어?

진희 　음……. (배를 꾹꾹 눌러본다) 없는데.

친구2 　음……. 그렇구나.

진희 　진짜, 마음 같아선 떼어서 너한테 주고 싶다.

친구3 　진희야, 너한테 자궁은 어떤 느낌이니?

진희 　너한텐 어떤데?

친구3 　별로지.

진희 　응, 별로고말고. 이쯤 되면 자궁 입장도 들어봐야 한 다.

친구4 　진희야.

진희 　어?

친구4 　자궁이 있다는 건 어떤 느낌이야?

진희 　아니 갑자기, 이게 확 씨 죽을라고. (방백) 대충 이런 느낌인 것이다. 어쨌든, 그래서 나는 너무 우울해진 나머지 다음 날 여행사에 가서 라오스로 가는 버스

티켓을 구입했다. 그 결과 라오스 체류일과 귀국 비
행기 일정 계산을 실수해서, 돌아가는 길에 하루를
넘긴 불법체류자가 된 나를 발견하게 되지만 그것
은 또 다른 이야기이다.

라오스로 가는 밴—버스가 아니다—이 갑자기 허허벌판에 멈춘다.

운전사　　지금부터 저 건물까지 걸어갑니다.

진희　　　뭐라고요.

운전사　　여기는 캄보디아, 출국 사무소를 방금 지났죠? 저기
　　　　　는 라오스 입국 사무소. 저기부터 라오스 땅.

진희　　　걸어서 캄보디아에서 라오스까지 넘어가라고요?

운전사　　정확합니다.

진희　　　(방백) 그렇게 나는 월경月經하며 월경越境했다.

진희, 밴에서 내려준 가방을 메고 허허벌판에 선다. 태양 빛 아래에서
열심히 걸어서 국경을 넘는다. 라오스 국기가 펄럭인다. 팻말 '라오스'
를 지난다.

진희　　　……아마도 그때 나는 세상에서 가장 더럽고 위협
　　　　　적인 표정이었을 거야. 아래에서 흐르는 피를 탐폰

이 열심히 막고 있지, 화난다고 어젯밤 마신 술의 숙
취는 올라오지, 백인들 한 무리에 끼어서 밴에 타고
국경을 넘는다고 멀미는 하지……. 그래서 걔네가
나한테 말을 별로 안 걸었나.

여행객　맙소사, 이 이야기 너무 웃겨. 나 웃어도 돼?

진희　너에게 웃을 자격을 허하노라.

팻말 '암스테르담'이 세워진다.

진희와 여행객, 암스테르담의 어느 펍에서 술을 마시고 있다.

여행객　너 정말 열심히, 온몸으로 여행하는구나.

진희　땡큐. 그렇게 나는 계속 이방인이 되는 거지.

여행객　그러면 너는 여성에서 남성이 된 트랜스젠더고, 남
　　　　　자를 좋아해?

진희　아니, 그건 왜?

여행객　아까 바에서 그 남자 쳐다보는 거 봤어.

진희　아니, 그게 그렇게 티가 나? 어……, 남자도 좋아해.
　　　　　여자도 좋아하고. 사실 그 부분은 그렇게 크게 가리
　　　　　지 않아.

여행객　그렇구나. 트랜지션이나 다 그런 것도 너 혼자 힘으
　　　　　로 한 거니? 뭔가 후원이나, 부모님이나 가족의 도

움은?

진희   놉. 후원을 받아도 좋았겠지만 그때는 그런 생각을 미처 못 했고, 친구들이 있었지만 돈은 대부분 내 것.

여행객   오, 그렇구나. 오. (여행객 갑자기 진희를 끌어안으며) 암 쏘 프라우드 오브 유.

진희   (방백) 트랜스젠더로 살면 이렇게 생전 처음 만난 퀴어 동지에게서 '네가 자랑스럽다'는 말도 들을 수 있다.

여행객   너는 여행을 정말 많이 했구나. 유럽엔 전에도 와봤니?

진희   이전에……. 응. 런던, 파리, 암스테르담은 두 번째. 그리고 베를린? 베를린 좋았어. 베를린엔 물론 인종 차별주의자들이 많지만, 거기 내 친구들이 있고 퀴어 커뮤니티가 있지.

여행객   난 베를린에 가본 적 없어. 아주 어릴 때 가본 것 같은데 기억이 안 나.

진희   너 프랑스인이잖아.

여행객   너무 가까워서 안 가봤어. 버스로 몇 시간이면 갈 수 있으니까, 언제든지 나중에 또 갈 수 있다는 느낌이 들어서. 독일의 다른 도시들은 갔지만. 사람들이 베를린은 근사하다고 하던걸.

진희	이상하게도 서울과 가장 비슷한 도시였어. 그리고 가장 다르고. 버스로 국경 넘는 거 재밌지 않니. 비행기를 타지 않아도 다른 나라에 갈 수 있다는 거 잖아.
여행객	그래? 나한테는 육로로 국경을 넘는 게 너무 익숙한 경험이라서, 그렇게 생각해본 적 없어. 웬만하면 버스를 타거나, 아니면 친구 차를 타거나.
진희	한국은 반도이긴 한데, 위에는 북한이 버티고 있으니까 사실상 섬이나 마찬가지거든. 외국에 가려면 언제나 비행기를 타야 하지. 아니면 배나. 그래서 유럽에서 처음으로 육로로 국경을 넘었을 때, 와, 재밌다고 생각했어.
여행객	캄보디아에서 라오스로 넘어왔을 때도 버스 탔다고 하지 않았어?
진희	버스는 아니고, 밴.
여행객	독일에서 암스테르담으로 넘어올 때도 버스를 탄 거지?
진희	응. 플릭스버스를 타고 밤에 한숨 푹 자고 일어났지. 일어나보니 국경은 이미 지나 있었어.
여행객	시적인걸.

진희와 여행객, 술잔을 부딪치며 건배한다.

여행객 진희, 네 이름은 진짜 네 이름이야?

진희 진짜냐는 건.

여행객 태어났을 때부터 사용했던 이름인지 아니면 네가 나중에 다시 지은 이름인지?

진희 오리지널. 그냥 오리지널 박진희.

여행객 한국에서 너의 이름은, 여자 이름이니 남자 이름이니?

진희 보통은 여자 이름. 아주 가끔 남자 이름으로 써.

여행객 그런데 이름을 안 바꿔? 아니지, 이름을 바꿀 생각은 안 해봤어?

진희 음……. 글쎄. 내가 바꿔야 했을까? 바꿨어야 한다면 왜 그럴까. 사실 이름 때문에 귀찮은 일들이 없진 않았는데…….

여행객 않았는데?

진희 호르몬 몇 년 차가 되고 수술도 하고 나니까 이젠 어지간히 남자로 보이게 되어서, 사람들이 알아서 착각해주더라고. "아, 이름 때문에 여자분인 줄 알았어요!" "이름이 여자 같아서 고생 많으셨겠어요."

여행객 나한테 네 이름은 꼭 지니Genie처럼 들려. 마법을 부릴 수 있을 것 같아 멋지네. 네 이름에도 뜻이 있니?

진희	(한국어로) 진짜 진, 빛날 희.
여행객	번역해줄래?
진희	진짜는 아무것도 없어.
여행객	응?
진희	농담이고. 진짜로 빛난다는 뜻이야.
여행객	빛난다라. 반짝반짝?
진희	응. 반짝반짝. 번쩍번쩍.
여행객	너는 빛나는 사람이니까 너한데 별을 따 줄게.

여행객, 갑자기 술집의 조명으로 매달려 있던 별을 하나 뚝 땐다. 그는 아크릴로 되어 있는 새하얀 별을 진희에게 내민다.

여행객	널 위해 내가 별을 땄어.
진희	세상에서 날 위해 별을 따 준 사람은 네가 처음이야.
	맙소사. 정말 말 그대로 별을 따서 줬구나. 고마워라.

사이

| 진희 | 그래서 그래요? 제가 별을 따 가서 여기 온 건가요? |

진희, 별을 만지작거리다 뒤돌아본다. 갑자기 별이 펼쳐지고 팻말이 바

꾼다. '암스테르담'에서 '천국의 문'으로.

문지기   아니. 우리는 그런 거 크게 신경 쓰지 않아.

진희   그러면, 저 죽었어요? 저 벌써 죽은 거예요?

문지기   그것도 아냐.

진희   그럼 왜 천국에 왔어요? 딱히 천국은, 아직 가볼 생각 없었는데요.

문지기   예행연습 같은 거라고 생각하면 어때?

진희   아. 그래도 죽어서 천국에 가긴 가는구나. (사이) 여기서도 똑같이 검사를 하나요? 아 유 메일, 오어 피메일. 이런 거 물어봅니까?

문지기   실례지만 당신이 남성인지 여성인지 모르겠는데요.

진희   아우 진짜.

문지기   아 유 메일, 오어 피메일?

진희   암 피메일 투 메일 트랜스젠더. 트랜스젠더 맨.

문지기   글쎄……. (문지기, 한 뭉치의 서류 같은 것을 넘기며) 어떨까? 서류에는 네가 여성이라고 되어 있는데. 왜 끝까지 성별 정정 안 한 거야?

진희   몰라요, 몰라. 아니 사실은 알지. 서류 한 장으로 둘로 나뉘는 세상이라면, 굳이 그런 귀찮은 짓 할 필요 없다고 생각해서. 이런 이분법적 세상에서 비주류적인 존재로 저항할 필요가 있다고 생각해서. 사실은 돈도 너무 많이 들어서. 그나저나 천국에서도 이런 짓을 정말 합니까?

문지기   위협적인 물품을 숨겨 들어오진 않는지 바디 체크도 해. 여성과 남성 중 어느 쪽이 널 체크하길 바라니?

진희   내가 들어가면 또 검사관들이 당황할까요?

문지기   천국의 언어가 지상의 언어와 똑같다면 그렇지 않을까? 사람들이 땅에서 바라듯이, 하늘에서도 이루어지리라.

진희   아니……, 천국 그거 생각보다 별거 없네요. 내가 바라는 것도 이뤄집니까?

문지기   그거야 나도 모르지. 지상에서는 어땠는데?

진희   명색이 천국의 문지기시면서, 다 알 텐데 우리 그런 대화 귀찮게 나누지 맙시다.

문지기, 넘겨보던 서류를 정리한다. 진희가 서류를 빤히 바라본다.

진희   나 그거 가져가도 돼요?

문지기   왜?

진희   그냥 뭐라고 써 있는지 좀 읽어나 보려고. 정말로 천국의 언어가 지상의 언어와 똑같은지, 천국에서도

그런 벽들이 있는지. 그래서 삶과 죽음을 나누고 천
국과 지옥을 나누는지.

문지기   네가 바라는 대로 될 거야, 아마도.

진희   정말로?

문지기   방금 네가 그랬잖아. 천국의 언어가 지상의 언어와
똑같은지 보고 싶다고. 여기에도 벽이 있는지 없는
지 알고 싶다고. 네가 벽이 없는 언어를 썼다면 그렇
지 않을까.

진희   그럼 나 영어 안 써도 상관없겠네. 아휴, 다행이다.
영어 쓰는 거 가능은 한데 영 답답해서 말이지.

문지기는 정리한 서류를 진희에게 넘겨준다. 진희, 서류를 받아서 별과
함께 잡는다.

진희   여기에도 벽이 있네.

문지기   그러게.

진희   그리고 벽에는 언제나 문이 있지. 우리는 언제나 그
문을 두드리고.

문지기   두드리면 열릴지어니?

진희   글쎄. 상관없어. 중요한 건 벽에는 언제나 문이 있고
나는 그 문을 두드릴 수 있다는 거야.

진희, 서류와 별을 들고 일어난다. 벽을 두드려본다.

하나, 둘, 셋. 똑똑똑.

별빛이 쏟아진다. 새하얗게 번져서 진희와 문지기 모두를 가린다.

2
이인실

문 둘.

병원의 입원 서류에 서명한다. 스스로 정신 병동에
들어가기로 결정하자 의사들이 묻는다. 여성 병동
과 남성 병동 중 어느 곳에, 당신이, 가야 하는지. 그
리고 당신은 자신에 대해 긴긴 설명을 거친 뒤 어느
쪽에도 들어갈 수 없다는 답을 듣는다.

이인실의 병동을 배정받는다. 여기는 일종의 중간
지대, 경계의 사이인 셈이다. 이인실의 병동 침대에
앉아 당신은 많은 생각을 한다.

예컨대, 저 옆 침대에 누군가가 또 앉아야 한다면 그
건 누구여야 하는가? 양분된 공간 어디에도 속할
수 없는 사람들은 또 어떤 이들인가?

여자도 남자도 아닌 이들, 인간도 동물도 아닌 이들,
산 자도 죽은 자도 아닌 이들? 병동 침대에 앉아 당
신은 그들과 이야기를 나눈다.

이곳의 문은 늘 열려 있다. 당신은 그 문을 닫을 수
없다.

등장인물   사람1

                사람2

                의사

공간   정신 병동의 이인실

침대가 하나씩 나란히 두 개 놓인 정신 병동의 이인실, 문은 계속 열려
있다. 주기적으로 왔다 갔다 하는 사람들이 보인다.

안에서 두 사람이 테이블을 놓고서 빙고를 하고 있다. 둘 다 핑크색 환
자복 차림이다.

사람1　　　아빌리파이정.

사람2　　　체크. 프로작.

사람1　　　대체 프로작을 누가 먹어? 요즘도 프로작 써?

사람2　　　우울증 약의 대표적인 상징처럼 여겨져서 그렇지, 의
　　　　　　　외로 다들 먹어. 잘 생각해봐. 너도 먹고 나서 까먹
　　　　　　　었을 수 있어.

사람1　　　먹었든 안 먹었든 간에 내 빙고 판에는 없어. 다음,
　　　　　　　자나팜.

사람2　　　자나팜은 없는데……. 예전에 정신과 의사가 자나
　　　　　　　팜과 비슷한 다른 약물이 있댔어.

사람1　　　로라제팜? 스틸녹스? 뉴프람?

사람2　　　다 아닌 것 같아. 대체 왜 정신과 약물은 다 이렇게
　　　　　　　이름이 암호 같아?

사람1　　　내 생각에도 뉴프람은 자나팜이 아닌 것 같아. 이름
　　　　　　　도 안 비슷하잖아. 그러니까 네 빙고 판에 없다는 뜻
　　　　　　　이지.

사람2　　그래, 넘어가자. 리탄. 혹은 리단정.

사람1　　너 그거 먹어봤어? 효과 좋다던데.

사람2　　잘 모르겠어. 효과보다는 부작용 칸을 열심히 읽었
　　　　　거든.

사람1　　부작용이라.

사람2　　구토, 설사, 식욕부진, 운동장애, 무력감, 언어장애,
　　　　　어지러움, 발열 등등.

사람1　　예전에 나랑 친구가 복용했던 우울증 약물 중에 부
　　　　　작용이 자살 충동인 게 있었어. 우리 그거 보고 엄청
　　　　　웃었는데. 아니, 우울증 약물의 부작용이 자살 충동
　　　　　이면 안 되는 거 아냐?

사람2　　어느 쪽이든 우울증이 확실히 끝나긴 하겠는데.

사람1　　어떻게 작용하든 우울증이 끝나기는 하겠지. 그런데
　　　　　내가 그런 결과를 바라고 약을 먹었나? 잘 모르겠어.

사람2　　오전 회진 돌 시간인데, 슬슬 빙고 판 숨기지 않을래.

둘은 빙고 판을 숨긴다. 잠시 뒤 의사가 들어온다.

의사　　아침 식사는 잘 하셨어요?

사람1　　네, 그럭저럭.

의사　　다행이네요. 오늘 기분은 좀 어떠세요.

사람1   잘 모르겠어요. 어제보다는 나아진 것 같은데 뭐랄
          까……. 좀 피곤하네요.

의사   지금 먹는 약이 예전보다 조금 세서 그럴 수도 있어
          요.

의사는 회진표에 무언가 적는다. 적던 와중 다시 묻는다.

의사   입원은 좀 어때요.

사람1   여기 있으니까 뭘 할 수 있는 게 없어서, 그냥 덤덤
          하네요.

의사   쉰다고 생각하시면 한결 낫지 않던가요.

사람1   음……. 쉬러 왔다라. 네.

의사   오후에 나갈 준비는 잘 하고 계시고요?

사람1   네.

의사, 나간다. 사람1은 기지개를 켜다가 옷소매를 치켜올린다.

사람2   다른 거 더 궁금한 거 있잖아.

사람1   이 옷은 언제까지 입고 있어야 해요? 저 그냥 다른
          옷 입으면 안 되나요? 저 진짜 병실 밖으로 가급적
          안 나가야 해요?

사람2 아유. 알지, 알지.

사람1 저 이 옷 입고 있기 싫어요. 이거 별거 아닌 건 알지만 저한테는 중요한 문제예요. 게다가 처음 입원했을 때도……. 생각은 나세요?

사람2 네가 어떻게 입원했는지 생각나냐고?

사람1 그러니까 그건 내가 입원하기 전에, 외래 진료에서 의사랑 면담할 때였어. 간호사가 위층 병동에 전화하는 걸 내가 들었거든. "남자 병동에 자리 하나 봐주세요."

사람2 아이쿠, 이런. 그런데 서류를 봤더니 여자 환자일세.

사람1 그래서 다시 의사한테 설명했지. 선생님, 사실 저는 이러이러한 사람인데, 그래서 겉보기엔 남자로 보이고 사실 그게 맞지만, 서류상으로는 여자로 되어 있습니다. 그런데 그냥 남자 병동에 넣어주시면 안 될까요?

사람2 그런데 그게 잘 안 됐구나.

사람1 "이런 경우는 저희 병원에서도 처음인데요. 잠시만 더 이야기하고 금방 알려드리겠습니다." 나는 말했지. 선생님, 그러면 여자 다인실도 괜찮아요. 어느 쪽이든 저는 돈이 없으니까 다인실 쪽으로 부탁드려요.

사람2 그리고 너는 이인실에 들어왔고.

사람1   그렇지. 내가 위험할 수 있대.

사람2   위험?

사람1   내가 남자 병동으로 들어갔는데, 다른 환자들이 사실을 알게 되면 어떻게 반응할지 모른대. 내가 다른 환자들에게 위험할 수도 있고, 내가 다른 환자들 때문에 위험할 수도 있고. 뭐 그런 거지.

사람2   인생 처음으로 무시무시한 존재가 되어보니 어때.

사람1   썩 좋지는 않네. (사이) 우리 다른 이야기 할래?

사람2   여기 들어온 이유는 뭐야?

사람1   개 소리가 자꾸 들려서.

사람2, 폭소한다.

사람1   아니, 진짜로 개 소리가 자꾸 들렸다니까? 그리고 사람이 소리 지르는 소리도.

사람2   어디 좀 더 말해봐.

사람1   뒷집에 웬 아줌마랑, 오래 앓고 있는 할머니랑, 그리고 개가…… 개가 몇 마리지, 세 마리 정도 될 거야. 별로 크지도 않은 집에서 무슨 개를 그렇게 많이 길렀는지 모르겠어.

사람2   그래서 그렇게 많이 짖었나 봐.

사람1   매일같이, 시도 때도 가리지 않고 그렇게나 소리를 질러대는 거야. "나 아파" 하고 할머니가 소리를 지르면 아줌마가 똑같이 소리를 지르는 거야. "아프면 약을 먹어! 시끄러워!" 그러면 개들도 똑같이 짖어대지. 왉, 왉!

사람2   너 개 소리 진짜 잘 따라 한다.

사람1   많이 들으면 잘 따라 할 수 있게 되잖아. 집 벽은 얇아서 어쩌나 소리가 잘 들리는지. 그렇게 한참 들어서 뭐가 개고 뭐가 사람인지 헷갈릴 즈음에, 민원이며 신고를 계속 넣었는데 어느 날 그러는 거야. "그쪽 할머니 이미 돌아가셨다는데요." 그런데 나한테는 소리가 계속 들렸어. 왉, 왉, 왉!

사람2   여기서도 개 소리가 들려?

사람1   여기서는 더 이상 안 들려.

사이

사람2   내가 아직도 사람으로 보이니?

사람1   뭐야, 그러면 유령이야, 아니면 짐승이야?

사람2   왉, 왉, 왉!

사람1, 질린 표정을 짓고 침대에서 약간 거리를 둔다.

사람2　　　개라고 생각해보면 어때. 그럼 온갖 말 다 할 수 있
　　　　　　게 될걸? 아마 그 아주머니도 그랬을 거야.

사람1　　　웬만한 것들은 다 의사한테 이야기했는데.

사람2　　　나한텐 무슨 이야기든 다 해도 돼.

사람1　　　⋯⋯사실은 말이지, 다시 핑크색 옷을 입는 건 생각
　　　　　　보다 불쾌한 경험이었어.

사람2　　　그래서 나가고 싶은 거야? 여자 환자로 분류되는
　　　　　　게 싫어서?

사람1　　　아니야. 그건 내가 살면서 겪은 수많은 불편함 중
　　　　　　하나 정도. 그냥 그 불편함이 시각적인 형태로 펼쳐
　　　　　　져서 그렇지.

사람2　　　그러면 왜?

사람1　　　프라이버시가 없어. 안전을 위해서인 건 알겠는데,
　　　　　　저 문은 맨날 열려서 사람들이 드나드는 게 다 보이
　　　　　　고⋯⋯. 나는 입만 다물면 언제나 남자로 잘 보였는
　　　　　　데 옷이 핑크색이니까 이건 입고 있는 것만으로도
　　　　　　눈에 띄고⋯⋯.

사람2　　　사람들이 널 빤히 쳐다본다고 생각해?

사람1　　　남자는 파란 옷, 여자는 분홍 옷으로 적나라하게 구

분해났는데, 딱 봐도 남자인 환자가 핑크색 옷 입고
다니면 눈길이 갈 만하지? 심지어 나 처음 입원하던
날에는 간호사가 침대 위에 올려진 핑크 옷 보고, 아
잠시만요 하고 들고 나갔다가 죄송합니다 하고 도
로 들고 왔다니까.

사람2   넌 그때 뭐라고 했어?

사람1   뭐라고 말을 해. 그냥 웃었지. 언제나 그렇듯이. (열
린 문을 향해 고갯짓한다) 여기서 난 다 비쳐 보여. 내
가 무슨 생각을 하는지 무슨 몸을 하고 있는지 다
보이는 기분이야.

사람2   네가 말하지 않으면 모르는 것들도 있어, 여전히.

사람1   내가 말하면 뭔가 달라지니? 내가 현실이 아닌 걸
진짜로 기억하고 있다면? 나는 분명히 일어났다고
생각하는데, 사실은 그런 게 아니라면?

사람2   네 머릿속에서 뭔가 바뀌었다면, 뭐가 바뀌었는지
알아내는 것부터 시작해보는 건 어때.

사람1   정신 병동에 입원하는 건 내 나름대로의 마지노선이
었단 말이야. 우울증 환자인 걸로도 모자라서 입원
까지 하고 싶진 않았어. 퇴원해서도 아무것도 달라
지지 않으면 어떡해?

사람2   어떡하긴. 계속 살아가는 거지. 조금씩 나아지리라

고 믿으면서, 조금씩 불편함과 사는 법을 익히는 거지. 너 말이야. 밖에서 보기에는 트랜스젠더나 우울증 환자나 그게 그거야.

사람1 심각한 환자랑 그냥 환자랑 그게 그거라는 말?

사람2 나쁜 환자랑 그냥 환자를 구분 짓지 말라는 말.

사람1 내 눈에는 계속 그렇게 보인다면 어떡해.

사람2 그러면…… 그래도 계속 살아가는 거지. 지금도 나아지는 중이라고 생각하면서. 너, 트랜스젠더라는 건 꽤 잘 받아들인 것 같던데 정신질환자라는 건 지금도 못 받아들이는 것 같다. 나쁜 환자 그냥 환자 따로 있니.

사람1 트랜스젠더인 걸로도 부족해서 정신질환자까지 하고 싶지는 않았다, 이렇게 말하면 이해가 되려나.

사람2 이해돼. 이해가 되니까 더더욱. (사이) 긍정적인 이야기라도 할래?

사람1 아침밥은 어땠어?

사람2 똑같았지 뭐. 아침이라 입맛도 없는데 새벽같이 들어와서 밥 먹으라는 거 피곤해.

사람1 그래도 환자식치고는 맛있지 않았니.

사람2 그런 식으로 장점을 찾는구나. 너 뭐 먹었어?

사람1 B식. 오므라이스랑 새우튀김, 요거트랑 과일.

사람2   내일부터는 나도 A식 말고 B식 신청해야겠어. A식
은 미역국에 감자볶음 나왔거든. 병원에서 환자식
먹고 있으니까 무슨 산모라도 된 것 같아 안 되겠어.

사람1   내일도 있으려고?

사람2   그건 모르겠네. 내일도 아침을 먹을까? (사이) 어찌
됐건 넌 곧 핑크색 옷이랑 작별이네. 축하해.

사람1   설마 정신 병동도 남녀가 유별할지 미처 몰랐지.

사람2   밖에서 보기에는 이러나저러나 정신 병동일 텐데 말
이야.

사람1   그래, 네가 보기에는 난 얼마나 미쳐 보이니. 밖에
나가도 될 만큼은 미쳤니?

의사, 열린 문으로 들어온다. 사람1과 2, 대화 멈춘다.

의사   오후 중으로 퇴원 절차 밟을 수 있을 거예요. 짐은
다 정리되셨지요? 짐 가지고 밖으로 나가면 간호사
가 사물함 열고 입원하실 때 가져온 가방 꺼내드릴
거예요. 옷은 나가기 전에 갈아입으시면 되고.

사람1   네.

사람2   너 설마 갈아입을 옷으로 파란색 가져온 건 아니겠지.

의사   더 궁금한 거 있으세요?

사람1   선생님, 미친 사람과 제정신을 갈라놓는 기준이 있
        나요?

의사   글쎄요. 그런 기준을 가지고 계시나요?

사람1   글쎄요.

의사   퇴원해서도 통원 치료는 꾸준히 받으시는 게 우울
        증에 좋을 거예요.

사람1   네. 그럼 이제 나가면 될까요?

의사   그렇지요.

의사가 나간다. 사람1은 짐을 챙긴다. 사람1, 짐을 들고 열린 문 앞까
지 갔다가 되돌아와 묻는다.

사람1   같이 갈래?

사람2   그러자.

사람2, 침대에서 일어나 사람1의 손을 잡는다. 둘은 같이 문밖으로 나
간다. 문이 밀려 닫힌다.

3
변신 혹은
메타몰포시스 Metamorphosis

문 셋.

현실에서 육신을 남긴 채 과거로 돌아간다. 어떤 가정 혹은 마법에 의해, 그는 스물여덟 살의 트랜스젠더 남성에서 열여섯 살의 시스젠더 소년으로 돌아갈 기회를 얻는다. 그는 후자를 택한다.

그는 열여섯 살 소년이 되어 2020년을 살아간다. 다시 중학교를 다니고 친구들을 사귀며 전형적으로 운동장을 뛰어다닐 기회를 얻는다. 처음으로 그에게 경계의 문이 열리고 무언가로 정확하게 정의당할 가능성이 생긴다. 그 세계에서 그는 살 수 있는가? 스물여덟의 정신으로 열여섯의 몸을 얻어 어떻게 살아가는가?

그는 문을 두드렸고 문은 열렸다.

문의 반대쪽 — 반대쪽이 있다면 말이지만 — 으로 그는 넘어갔다.

일인극.

등장인물   주인공   스물여덟 살의 에프티엠 트랜스젠더Female to male
transgender로 살아가다가, 어느 날 갑자기 열여섯
살 시스젠더 소년으로 살아갈 기회를 얻었다. 기
뻐하고, 즐거워하고, 혼란스러워하는, 그런 사람.

이런 말은 어떻게 시작하죠? 그건 아무도 모르는 일이겠죠. 모두가 알아들을 수 있도록 설명하는 건 어려워요. 왜냐면 처음 겪는 일이니까요. 안 그래요?

그러니까 어느 날이었어요. 사람들이 찾아와서 묻더군요. "당신에게 열여섯 살 소년으로 살아갈 수 있는 기회를 줄게요." 나는 답했어요. "저는 지금 스물여덟 살이고, 게다가 트랜스젠더인데요?" "그러니까 말이에요. 그래서 선택권을 주는 거예요. 완벽하게 아주아주 정상적인 열여섯 살 소년의 몸으로 만들어줄게요. 그리고 적합한 신분도 마련해줄게요. 아무 일도 없던 것처럼 열여섯 살 남자아이로 사는 거예요. 어떻게 생각해요?"

그게 아주 저열한 농담이든 아니든 따지기 이전에, 제안은 매혹적이었어요. 아무것도 묻지도 따지지도 않는 남성의 몸이 된다는 것. 균열하고 분열하는 정신도 육신도 더 이상 없다는 것. 없을 수도 있다는 것? 그 뒤로 그 사람들과 몇 차례 대화를 나눴어요. 왜 이런 선택지를 주냐고는 물어봤던 것 같아요. "그런 건 비밀이에요. 정 걸린다면, 트랜스젠더로서 사는—살았던—것에 대한 일종의 보상이라고 생각해보면 어때요." "그렇다면 수술비부터 보험 처리 해주지 그러세요." 그러나 결과적으로, 나는 승낙했지요. 사실 그렇게 오래 고민하지도 않았어요. 안전하고 완벽한지 따져보는 데 시간이 걸렸지.

변화하는 과정은 꿈같았어요. 나는 눈을 감았고, 어떠한 건드림이나 속삭임도 없었고, 다만 툭 하고 무언가 내 안에서 작게 흔들렸습니다. 내 착각이었을지도 몰라요. 다시 눈을 떴더니, 시야는 낮아져 있었고 손 모양은 미묘하게 다르고, 그들이 거울을 가져왔어요.

"내가 시스젠더였으면, 열여섯 살 때 이런 얼굴이었을까요?" "과거형이 아니에요. 지금 당신 얼굴인걸요." 나는 한참 들여다봅니다. 소년의 얼굴이 거기 있습니다.

(사이) 혹시나 하고 기대했지만, 그렇게까지 잘생긴 얼굴은 아니더군요. 아니면 열여섯 살 소년들은 언제나 다 그런 얼굴을 하고 있거나. 새로운 입술로 나는 물었습니다. "나는 이제 열여섯 살인가요?" "이제부터 당신은 열여섯 살이에요. 기분이 어때요." 놀랍게도, 아무렇지도 않았는데 모든 것이 바뀌어 있었습니다.

마법. 마술. 아직 세상이 좀 더 어리고 꿈과 환상이

피부에 닿던 시절. 그런 일이었어요. 마법 같은 변신이었습니다. 피도 흘리지 않았고 눈물도 없었고 하나도 안 아팠어요.

왜, 그런 이야기가 있다고 하죠. '고대 그리스에 테이레시아스라는 사람이 살았다. 그는 소년 시절 길을 지나다 뱀들이 교미하는 것을 보고 지팡이로 한 대 쳤다. 그러자 그는 그 자리에서 소녀로 변했다. 소녀 테이레시아스는 그렇게 몇 년을 살았다. 그러던 어느 날 그는 다시 뱀들이 교미하는 것을 보았다. 지팡이로 다시 뱀을 친 테이레시아스는 청년으로 돌아왔다.' 나는 이 이야기를 처음 듣고 이렇게 생각했습니다. 그래, 테이레시아스는 그렇게 두 가지 삶을 다 살아보고도 남자로 돌아가기로 택했구나. 그만큼 그게 중요했구나. 나는 이해할 수 있어.

마찬가지예요. 나는 변신, 메타몰포시스의 과정을 겪었습니다. 메타몰포스, 메타몰포시스는 변신이라는 뜻도 있지만, 탈바꿈이라는 뜻도 있다면서요? 애벌레가 번데기가 되고 다시 매미가 되는 그런 탈바꿈……. 소년으로의 탈바꿈.

(노래하듯이) 내가 소년이었을 때, 계단 아래로 끊임없이 달려 내려가고 싶었을 때, 모든 노래를 내 것처

럼 부를 수 있었을 때, 회색 물방울들이 떨어지면 무
지개를 만들 수 있었을 때……. 맞아요. 그렇게 나는
소년이 되었습니다. 두 번째로 도래하는 나의 소년
기. 어쩌면 삶에서 최초로 맞이하는 나의 소년기.

내 소년기가 그래서 아름다우냐고요. 그럴 가치가
있었느냐고요. 네. 네. 둘 다 네.

내 팔다리가 새로워요. 내 몸통도, 내 목과 쇄골도,
내 광대뼈와 눈썹도 모두 신기해요. 그리고 나는 자
라나는 사람이니까 내 몸도 끊임없이 변하죠. 다만
이번에는 내가 예상하고 기대하는 방식대로입니다.
네, 나는 백팔십까지 키가 클 거예요. 그럴듯한 청년
으로 자라날 거예요. 아니, 먼저 그럴듯한 소년으로
살 거예요. 나무처럼 늘씬하고 키가 큰 소년이 될 거
예요. 운동장에서 가장 오랫동안 뛰어다니고 싶어
요. 아니, 이미 그러고 있어요. 내가 공을 잡지는 못
해도 나는 긴 다리로 가장 오래 달리는 사람입니다.
내 손은 단단하고 딱딱하고, 그 손에 연필을 쥐여주
든 공을 쥐여주든 무엇을 쥐여주든 당신들은 기대
한 것 이상을 보게 될 겁니다.

왜냐고요? 왜냐면 나는 변신을 겪은 존재니까요. 나
는 스물여덟 살 하고도 열여섯을 사는 사람이니까

요. 나는 소년이니까요.

나는 어제 학교에서 친구를 만났습니다. 내 친구는 재미있게도, 우리 학교에서 선생님으로 일하고 있어요. 그는 내가 누구인지 압니다. 그는 물었어요. 나는 절대로 청소년기로는 돌아가고 싶지 않은데, 어째서 그동안의 시간과 노력을 한번에 리셋해버리는 일을 했느냐고. 그런데 그거 알아요? 내가 열여섯 살 때 가장 많이 했던 생각이, 이 삶을 고칠 방법은 없으니 리셋해버려야 한다는 자기파멸적인 고민이었다는 것. 하하하. 하지만 나는 살아서 어른이 되었고, 현대 의료 기술의 힘을 빌려 남성이 되었죠. 나는 친구에게 답했어요. "나는 아무것도 리셋하지 않았어. 나는 계속 이어서 살아오고 있는 거야."

혹자는 마찬가지로, 남성으로 정체화한 그 순간부터 나는 남자였다고 말해줄지도 몰라요. 그건 맞는 말이에요. 하지만 육체의 괴리감은 어떻게 하죠? 이 몸이, 내 것이 아니라면, 나는 무슨 입술과 혀로 내 말을 해야 하나요? 맞는 말을 하는데도 평생을 무언가에 시달리는 기분이 든다면요?

그래요. 물론 스물여덟의 내 인생이 거짓이라고 말하는 건 아닙니다. 누군가 그렇게 말한다면 맞아도 싸다고 봐요. 나는 정말 말 그대로 온몸으로 분투하며 살았습니다. 그 삶은 아무도 부정할 수 없어요. 나는 그 삶을 아주 소중히 여겼습니다. 그래서 이런 변신이, 선물처럼 주어졌다고 생각해요. 이건 내 삶의 선물이다. 내가 열심히 살아서, 세상이? 신이? 하늘이? 주는 것이다.

(사이) 모두가 이렇게 살아야 한다는 건 아니에요. 다만 나는, 개인으로의 나는 이런 기회를 원했습니다. 나는 한 번쯤은 이런 삶을 살아보고 싶었어요.

네, 물론 중학교 남자아이들은 정말로…… 정말로입니다. 어릴 때 나는 소년들 사이에 끼고 싶어 했죠. 그러면 내가 소년이 될 줄 알아서. 막상 소년들 무리에 들어가고 나니 의외로 별것 없더군요. 단순하고, 즐거워요. 그들은 물론 내가 생각했던 것보다 때로 잔인하고 무시무시하죠. 그런데 스물여덟 내가 살던 사회는 별반 다를 게 있었나요? 적어도 이들 사이에서는 친밀감을 쌓기 쉬울 때가 있어요. 사실은 너무 단순해서 조금 충격받기는 했습니다.

그래서 내가 어떻게 그들과 친밀감을 쌓았느냐……면, 스물여덟의 내가 지독한 골초였다는 이야기를 했던가요? 나는 열여섯이 되고도 완전히 담배를 끊지는 못했어요. 스물여덟일 때에 비하면 간접흡연이다 싶을 만큼 적게 피우지만, 이러면서도 키가 백팔십이 되기를 바랄 수는 없을 것 같지만 그래요. 중학생 남자아이들에게 담배를 구할 수 있는 또래라는 건 꽤 대단한 존재더군요. 나는 그들에게 담배를 나누어주고 친구가 되었습니다. 물론 가끔씩 그들은 말해요. 너는 꼭 계집애같이 군다, 가끔 게이 같을 때가 있다……. 재밌죠. 성별의 벽이라는 건. 어쩌면 그 벽은 내가 생각했던 것만큼 견고하지는 않은 모양입니다.

아니, 이게 무슨 말이죠. 하하하. 나는 스물여덟에 몸으로 혁명을 이루고 열여섯에 변신을 했는데. 벽이 있었나요? 벽이 있었다면 나는 그걸 어떻게 한 걸까요? 나는 건너편으로 넘어간 걸까요? 영 모르겠네요. 그런 걸 따지기에는 지금의 삶이…… 너무나도 단순하고, 평화롭고, 불완전합니다.

네. 불완전해요. 모두의 인생처럼, 나의 지난 삶이 그랬고 지금 삶도 그래요. 내 기대와는 다르고 예상한 것과도 달라요. 나는 계단을 뛰어 내려가다가 발톱이 부러질 수도 있고, 지금은 지독한 변성기를 겪고 있죠. 무지개는 언제나 무지개가 아닐 수도 있겠죠.

그래도 나는 장마가 내리면 빗속에서 춤을 출 겁니다. 그리고 변성기가 끝나면, 성장기가 마무리되고 나면, 내가 지금 부르는 노래들은 한결 아름다워질 겁니다.

그리고 기회가 된다면, 우리는 다시 만날 수도 있겠죠. 나에게는 들려줄 이야기가 아주 많으니까요.

4

유언장 혹은
우리는 농담이(아니)야

등장인물   사람1(A)

　　　　　　사람2(B)

　　　　　　사람3(C)

　　　　　　사람4(D)

　　　　　　사람5(E)

이들의 나잇대는 약 이십대 초반에서 삼십대 초반 사이. 전반적으로 나이나 직업을 종잡을 수 없다. 머리 모양이나 옷차림은 모두 제각각이지만 나름대로의 공통점을 찾을 수도 있다. 문신이 있거나 보기에 '눈에 띄는' 사람들도 있다. 저마다 각자의 유언장을 쓰러 모였다. 서로 관계는 친구이거나, (전/현)애인이거나, 직장 동료이거나.

가이드   나이는 사람1~5와 비슷하다. 사람들의 유언장 쓰기를 돕는다.

사람들이 동그랗게 방에 모여 앉아 있다. 다들 저마다 무언가를 쓰고 있고, 문득 사람1이 고개를 든다.

사람1　인공지능이라는 거 참 대단해.

사람2　갑자기?

사람1　내가 며칠 전에 친구를 보러 납골당에 다녀왔는데 말이지, 그러느라 인터넷 길찾기에 납골당 주소를 두어 번 쳤어. 진짜 두어 번.

사람2　그랬더니.

사람1　세상에……. 인공지능 광고에 그다음부터 온갖 추모원과 납골당이 뜨는 거야. 난 아직 죽을 생각도 없고 주변에 죽을 사람도 없는데, 이거 너무 웃기지 않니.

사람3　길찾기만 가지고도 그런 정보를 수집한다는 거, 우리 다 감시당하고 있는 거 아냐.

사람2　그거야 뭐, 너무 어두운 농담이라…… 어떻게 반응해야 할지 잘 모르겠네.

사람1　어두운가? 그냥 웃었으면 좋겠는데.

사람3　파*파고나 카*카오 검색을 더 해봐. 그럼 이젠 그 광고가 뒤덮을 거야.

가이드　(방백) 이후 들려온 후문에 의하면 이번에는 대신상

조와 납골당에 넣을 미니어처 장식 광고가 뜬다고 합니다. (사람들을 향해) 여러분, 다들 유언장 잘 쓰고 계시나요? 얼마만큼 완성되었나요?

사람들, 누구는 이미 종이에서 손을 떼기도 했고 누구는 아직 무언가를 더 쓰며 고개를 젓기도 한다.

가이드   그럼 시간을 조금 더 드릴게요. 5분 안에 완성하실 수 있겠죠?

사람1   5분 안에 안 될 것 같은데요.

사람2   노트북이 아니라 손으로 글을 쓰려니 시간이 걸려요.

가이드   오늘은 약식 유언장을 쓰는 워크숍이고, 다른 분들도 계시니까요. 아쉽지만 이만 마무리를 해야 할 것 같아요.

사람1   그래요. 언제나 마무리는 생각보다 시간이 부족하죠.

가이드   오늘은 어떻게 해야 법적 효력을 발휘하는 유언장을 쓸 수 있는지 함께 배워보았습니다. 오늘은 자필 유언 방식만 배웠지만, 음성 녹음도 동일한 효과를 발휘할 수 있다는 점 기억해주세요. 아, 하지만 글의 경우는 꼭 손으로 직접 써주셔야 한답니다.

사람3 다음엔 그냥 초고를 컴퓨터로 쓰고 완성본을 손으로 옮겨 적어야겠어요.

가이드 그것도 방법은 방법이죠. 하지만 유언장이 중복되면 안 되니까, 꼭 날짜를 표기해주는 것 기억하세요. (사이) 여러분 모두 잘 마치셨나요? 누구 한 분의 유언장을 같이 읽어보고 싶은데 괜찮으신 분? 네. B씨.

사람2 제가 해보고 싶어요. 읽으면 되나요?

가이드 네. 천천히 읽어주세요.

사람2 "나 B는 나의 의지와 자필로 다음의 유언을 작성합니다. 우선 나는 유언 집행자로 다음 사람을 지정합니다. 유언 집행자 성명, C. 주소는 서울시 용산구……."

사람3 나?

사람1 너 맞네. B는 계속 읽어.

사람2 "……용산구 우사로 10다시 2번길 3층. 관계는 친구. 주민등록번호는……." 네 주민등록번호 잘 모르니까 나중에 이 부분은 추가할게. "나는 사망 당시 룸메이트들 혹은 같이 사는 사람들이 있을 시, 집 마련에서 본인이 투자한 비용을 계약이 끝날 때까지 유지할 수 있기를 바랍니다. 만일 가능하다면 집 계

약에 문제가 없도록, 보증금에 투자한 비용을 그들
에게 주세요."

사람2, 계속 읽는다.

사람2   "그 외 재산은 예금 및 적금이 있습니다. 예금과 적
           금을 포함한 모든 재산을 아래 단체에 유증합니다.
           단체는 청소년 성소수자 센터 '땅동'."

사람4   아이고, 미리 감사합니다.

사람2   "하지만 유언자의 사망 시 단체 '땅동'이 존재하지
           않을 경우, 유언 집행자의 판단 아래 성소수자와 청
           소년 인권을 지지하는 다른 단체를 선택하길 바랍
           니다." 물론 제가 땅동이 없어질 거라고 생각하는 건
           아니고요……. 여하튼 그렇습니다.

사람4   한껏 노력해서 단체를 남기도록 애써보겠습니다. 그
           러니 오래오래 장수하세요.

가이드   네. 계속 읽어주세요.

사람2   흠흠. 아, 그리고 여기부터는 장례 부분인데요. "나 B
           는 사망 시 화장하여, 어딘가 물가에 뿌려주기를 바
           랍니다. 한강이라거나 바다 같은 곳에. 가급적이면
           태국 앞바다 같은 곳이면 좋겠지만 여의치 않다면

인천 앞바다로도 괜찮습니다."

사람5 화장한 유골 가루를 물가에 뿌리는 건 불법 아닌가?

사람2 응? 언제부터 그게 위법이 됐어? 드라마 보면 다들 그러던데.

사람5 환경오염 때문에…… 그렇다는 말을 들어본 것 같아.

가이드 아뇨. 그렇게 생각하기 쉬운데, 불법이 아닙니다. 국토해양부에서 바다에 재를 뿌려도 괜찮다고 몇 년 전에 발표했어요. 다만 육지로부터 5킬로미터 이상 떨어지고, 양식장이 없는 곳이어야 한다고 하네요.

사람2 이래서 사전조사가 중요해. 그러면…… 애초에 푸켓 앞바다까지 가져가긴 어려울 테니까…… 그냥 어디 인적 드문 강가나 바닷가에 뿌려주세요. 물은 다 이어져 있으니까 원하는 곳으로 가겠지.

사람5 꼭 육지에서 5킬로미터 이상 떨어진 곳에 뿌리는 것 잊지 말고.

사람2 (목소리를 다시 가다듬고) "유언자 나 B의 사망 시, 아래 사람들에게 꼭 부고를 전하길 바랍니다. A, C, D, E, F 이들이 다른 사람들에게 부고 전하기를 도와줄 것입니다. 2020년 4월 23일, 목요일. 유언자 A." 마지막으로 도장 쾅 찍습니다.

사람들, 박수 친다.

가이드　　네. 함께 나누어주어서 고맙습니다. 시간이 있으니 한 분 더 읽어볼게요. 자원하실 분? 아, D씨.

사람4　　제 유언장은, 제가 별 재산이 없기 때문에 사실 유증에 관해서는 할 말이 없고요. 대신 장례식 부분이 좀 자세할 것 같네요. 보자. "유언자 D는 본인의 의지에 의해, 나의 자필로 다음과 같이 유언한다. 재산이 많이 없을 가능성이 높으니, 가능한 한 장례식에 써주었으면 좋겠다. 아래는 장례식에 관한 내용이다. 하나. 장례식은 가급적 너무 슬픈 분위기가 되지 않기를 바란다. 둘, 조문객 중 채식주의자들이 많을 것이니 가급적 채식 음식을 냈으면 한다. 시래깃국이나 두부부침 같은 비건 메뉴를 준비해주기를 바란다."

문득 사람5, 연극하듯이 말한다.

사람5　　(흉내 내듯이) 아니 왜 이 장례식엔 고기가 없어, 이거 뭐 사람 대하는 자세가 된 거야 뭐야?

사람4　　(흉내 내듯이) 아니 아버님, 이거는 고인의 희망이에요. 고인이 반찬을 이렇게 내라고 했다니까요?

사람5	누가 보면 내가 애를 굶겨서 기른 줄 알겠다.
사람4	굶겨서 기른 거 맞잖아요?
사람5	빈소에 오는 사람들도 굶기려는 줄 알겠어. 이게 제대로 된 밥상이야, 밥상?
사람4	아니 그럼 제대로 된 밥상은 또 뭔가요?
사람5	제대로 된 밥상에는 모름지기,
사람1, 2, 3	고기가 있어야지!
사람5	사람이 말이야 힘을 내려면,
사람1, 2, 3	고기를 먹어야지!
사람5	사람이 사람 노릇을 해서 결혼을 하고 시집 장가를 가려면,
사람1, 2, 3	고기를 먹어야지!
사람5	사람이 애를, 한 1남 1녀쯤 낳아서 나라에 기여를 하려면,
사람1, 2, 3	고기를 먹어야지!
사람5	사람이 사회생활을 잘하고 유도리 있게 살려면 말이야, (사람1, 2, 3과 동시에) 고기를 먹을 줄 알아야지!
사람5	인류가 애초에 이렇게까지 진화하고 뇌를 쓸 수 있게 된 건,
사람1, 2, 3	고기를 먹어서지!
사람5	잉여 영양분을 모아서 두뇌 회전을 하고 똑똑해지려

면,

사람1, 2, 3 고기를 먹어야지!

사람5 아니 사람이 말이야 호강을 하고 맛있는 것도 좀 먹고 그러려면,

사람1, 2, 3 고기를 먹어야지 암!

사람5 아 저희가 이렇게 신경을 썼습니다 하고 밥상을 차리려면,

사람1, 2, 3 고기가 있어야지!

사람5 고인이 가는 마지막 길에는 말이야,

사람1, 2, 3 고기를 대접해야지!

사람5 고인이 가는 마지막 길에 풀때기를 대접하면 사람들이 뭐라고 생각하겠어?

사람4 아버님, 육식은 지극히 인간 중심적인 관점이고 불필요하게 생명들을 희생시키는 행위예요. 현대 식문화에서는 충분히 생명 중심적인 관점으로 인간과 동물을 똑같이 존중하며 살아갈 준비가 되어 있다고요.

사람5 ……그래서 뭐라고? 편육 안 놓는다고?

사람4 아 몰라요, 아버님. 저는 그냥 고인이 유서로 쓴 것을 최대한 존중하려고 하는 거고요. 저는 유언 집행자니까 그럴 권한이 있어요.

사람5   유언 집행자? 그건 또 뭔데.

가이드   (강연하듯이) 유언 집행자는 유언의 내용을 실현하기 위한 집행 임무의 권한을 가지는 사람입니다. 민법상 유언 집행자는 하나, 유언자가 직접 지정하거나 위탁을 받은 경우, 둘, 상속인이 되는 경우, 셋, 법원에서 지정하는 경우로 정해집니다.

사람5   좀 짧게 말해봐.

가이드   유언장 내용을 실현하기 위해 집행할 권한을 가지는 사람이 유언 집행자입니다.

사람4   아, 아버님. 그러니까 장례식에 육개장을 놓을지 시래깃국을 놓을지 결정할 수 있는 사람이 저라니까요?

사람5   네가 고인 당사자잖아.

사람4   아 그건…… 다 유언장에 써놨잖아. 내가 유언 집행자로 지정한 당사자가 여기 안 와서 그렇지. 여하튼 때가 되면 그렇게 될 거야.

사람5   아이고, 억울해서 못 살겠네. 애가 죽었는데 밥상에 뭘 놓을지 정하지도 못하는 아비라니.

사람4   평소에 아비 역할을 좀 하시지 그랬어요 좀.

사람5   아니 뭐라고? 내가 밥상이라도 뒤엎고 싶은데 밥상이 없네.

사람1, 2, 3   밥상에 고기도 없네!

사람들, 연극 끝난 듯이 원래대로 돌아온다. 사람 4는 유언장을 마저 읽는다.

사람4   "셋, 친족들은 절대로 본인의 친구 및 조문객 들을 박해해선 안 된다. 최대한 친절하게 예의를 갖추어 그들을 맞이하길 바란다. 넷, 장례식 분위기가 너무 어두워지지 않게, 장례식장에 무지개 깃발을 걸었으면 한다. 오는 사람들은 무지개 아이템을 하나씩 하고 오길 바란다."

사람5   (작은 소리로) 어 그거 중요하지. 이럴 때 아니면 언제 써보겠어.

사람4   다들 여기저기 후원하느라 배지나 티셔츠 많이 받았을 테니까…… 하나씩 하고 오시면 좋아요. 없다고 막 입구에서 쫓아내고 그런 건 아니지만. "다섯, 영정은 가장 최근의 증명사진으로 써주면 된다." 그 왜, 머리 새로 하고 찍은 사진 있잖아.

사람5   너희 부모님한테 맡기면 분명 트랜지션 전 사진으로 가져올걸.

사람4   입구에서부터 조문객들이 저 애가 누군가, 내가 누구인지 못 알아보면 어떡하나. 뭐 그런 거지.

가이드 유언장, 물론 죽음 이후에 일어날 일들을 책임지기 위해서 중요하죠. 하지만 또 지금 살아 있는 우리가 어떤 모습인지, 나는 어떤 삶을 살고 싶었는지 보여 주는 역할이기도 합니다. 그런 의미에서 오늘 유언장 쓰기 모임은 참 좋았어요.

사람들이 나가는 쉬는 시간, 혹은 모임이 끝나고 나서,

사람2 오, 안녕. 내 유언 집행자.

사람3 그래, 그거 말인데. 내가 왜 네 유언 집행자야?

사람2 그거야 네가 내 친구고, 가장 일을 잘할 것 같아서 지.

사람3 다른 애들도 있는데 왜 하필?

사람2 유언 집행자가 되려면 내가 죽은 시점에 살아 있어 야 하잖아.

사람3 허허.

사람2 내가 지금 당장 죽겠다든가 뭐 그런 건 아닌데……. 아니, 나는 진짜 웬만하면 근 시일 내에 죽을 생각이 없거든. 근데 그래도, 혹시 모르잖아.

사람3 그러니까, 내가 가장 오래 살 것 같아서 일을 맡기겠

다는 거니.

사람2   거칠게 요약하자면 그런 셈이지.

사람3   진짜 너무한다. 기왕 맡길 거라면 좀 그럴듯한 이유
라도 대줘야지. 내가 가장 친한 친구라든가, 가장 믿
음직하다거나, 지식이 탄탄해서 어떤 일이 닥쳐도
놀라지 않을 것 같다거나 뭐 그런.

사람2   그건 말 안 해도 알고 있을 줄 알았는데.

사람3   뭐? 아니. 몰랐는데.

사람2   게다가, 너는 내가 아는 사람 중 가장 똑똑한 사람
이잖아. 그리고 가장 정신이 튼튼한 편이고. 그래서
가장 오래, 건강하게 잘 살 거라고 생각했단 말이야.
그 이유가 제일 컸는걸.

사람3   네가 사고나 병사 아닌 이유로 죽으면, 난 유언 집
행자 사퇴할 거야.

사람2   그거 사퇴할 수도 있었어?

사람3   너 강의 가라로 들었구나. 응.

사람2   아……. 너 사퇴하고 싶니.

사람3   그거야 그때 되어봐야 알지.

사람2   하지만 나는 모든 건 사고라고 생각하는걸.

사람3   뭐?

사람2   죽음도 결국엔 사고 같은 거 아닐까, 교통사고. 내

가 차 조심을 아무리 열심히 해도 나도 모르게 교통
사고에 휘말릴 수 있잖아.

사람3 하지만 우연히 차에 치이는 것과 차 앞으로 뛰어드
는 건 다르지.

사람2 내가 언제까지 살아야 내 유언 집행자가 되어줄래?

사람3 나보다 오래 살면.

사람2 네 유언 집행자는 누군데?

사람3 너.

사람2 네 유언장 좀 읽어봐도 돼?

사람3 난 아직 쓰는 중이야. 당장 완성될지는 잘 모르겠어.
계속 고치고 싶어서.

사람3은 자기 유언장을 읽는다.

사람3 "나 C는 자신의 의지로 이 유언장을 작성합니다. 재
산과 상속 및 유증에 관해서는 맨 마지막에 쓰겠습
니다. 그래야 앞부분을 더 열심히 읽어줄 것 같아 그
렇습니다. 만약 내가 사고사나 병사가 아닌 방식으
로 죽는다면, 아마 내 재산은 남은 게 별로 없을 겁
니다. '다 쓰고 죽자'가 내 원칙이었으니까요. 그러나
만일 남는다면, 우선은 장례비에 써주길 바랍니다.

장례는 상조에 맡겨도 괜찮습니다만 아래의 부탁을 최대한 들어주세요.

장례식에 내 부모나 가족들이 개입할 경우, 절대로 내 세례명을 장례식에 쓰지 않기를 바랍니다. '김레지나'는 내가 아닙니다. 그 사람은 옛날 옛적에 자기가 레지나인 줄 알고 살았던, 그래야 하는 줄 알았던 사람이지. 굳이 남성형으로 바꿔 부르지도 마십시오. 죽은 건 레지나가 아니라 나입니다. 이 인생을 살았던 것도 나 C입니다. 그 사실을 꼭 기억해주십시오.

영정 사진은 가장 최근에 찍은 것으로 쓰면 됩니다. 여권 사진과 같은 것을 써도 상관없습니다. 다만 절대로, 내가 여성으로 보이는 사진을 쓰지 마십시오. 내 친구들이 장례식장에서 날 못 알아보는 상황을 원치 않습니다. 이름도 지금 쓰는 이름, C로 적어주십시오. 혹시라도 수의를 고르게 된다면, 가장 좋아하는 옷을 입혀주십시오.

장례식이나 그 절차가 어떻게 될지는 정확히 모르겠으나, 그런데 만약 여자와 남자의 구별이라도 있다면, 나는 후자를 원합니다. 내가 태어나는 것을 고르지 못했으니 죽는 방식은 선택할 자유가 있다고 생각합니다. 우습더라도 그렇게 해주세요. 유언 집행자인 내 친구 B가 그렇게 잘 도와줄 것입니다.

내 친구들, 조문객들이 이상해 보이는 옷을 입고 있거나 장례 예절을 잘 지키지 않더라도 부디 눈총을 주거나 나무라지 마세요. 그 사람들은 살면서 죽음을 너무 많이 보았고, 힘든 일을 너무 많이 겪었습니다. 누가 치마를 입었든 머리를 밀었든 각자 자유일 테니까. 내 영전 앞에 담배를 내려놓고 술을 마시고 신나게 웃더라도 내버려두십시오. 제발 그대로 두십시오. 당신들이 생각하는 것과 많이 다를 겁니다. 그리고 나는 담배를 영전 앞에 내려주는 친구들에게 고마워할 겁니다.

발인 날 누가 관을 들든, 상관하지 마십시오. 이런 것까지 정하지는 않겠습니다. 원하는 사람들이 마지막 길을 배웅하게 해주세요. 아무도 그걸 원치 않는다면, 그냥 그대로도 괜찮습니다. 사람들마다 죽음을 마주할 때 대응하는 방식은 다른 거니까. 상황은 언제 어떻게 변할지 모르니까.

만약에, 혹시라도 내가 자연사나 사고사가 아닌 방식으로 죽는다면, 사람들이 내게 화를 낸다고 함께 화내지 마세요. 그들에겐 그럴 자격이 있습니다.

나는 살아남고 싶었고 그래서 평생 모든 것을 회피

하며 살았으니, 죽음 앞에서는 당당하길 바랍니다."

5

그리고

여동생이

문   을

두드렸다

등장인물   이문성   주인공. 26세. 정직원이 된 지 얼마 안 지난 미용사. 혼자 살고 있던 어느 날 여동생의 방문을 받는다.

　　　　　　　이아성   문성의 여동생. 16세. 중학생. 문성의 과거. 어느 날 갑자기 문성을 찾아온다.

1장

문성의 자취방. 방 한가운데 이동식 침대가 있고 옷걸이나 책걸상 같은 가구들이 한쪽에 배치되어 있다. 적당히 낡고 어지러운 자취생의 방이다. 무대는 이목구비의 윤곽만 희미하게 보일 정도로 어둡다. 문성은 침대에 앉아 있다.

문성 그 날 여동생이 찾아왔습니다. 정말이지 하나도 말이 안 되는 일이었어요. 저는 그 애와 이야기한 지 아주 오래되었거든요. 어떻게 생겼는지도 거의 잊고 있었습니다. 잊고 싶었다는 게 더 정확한 표현일 거예요. 그런데 그날, 아무렇지도 않던 오후에, 여동생이 방문을 두드렸습니다.

문 두드리는 소리가 들리면 조명 밝아진다. 문성, 침대에서 일어나 문가로 걸어간다. 아성이 방 안으로 성큼성큼 걸어 들어온다. 아성은 녹색 체크무늬 치마 교복 차림이고, 긴 머리카락은 헝클어져 있다.

아성　　나 좀 재워줘.

문성　　뭐라고?

아성　　갈 곳이 없으니까 며칠만 좀 재워줘. 집을 나왔단 말이야.

문성　　대체 집은 왜 나왔는데. 그리고 왜 하필 우리 집이야? 여기가 무슨 가출 청소년 보호소인 줄 알아?

아성　　엄마 아빠랑 싸웠어. 그 인간들이 또 말도 안 되는 헛소리를 지껄이면서 사람을 미치게 만드는데. 그럼 제정신인 사람이 나가야지.

문성　　야 너는 대체……. 너 부모님이 마음에 안 든다고 그렇게 집을 막 나오고 그래도 돼?

아성　　사람이 속이 터져 죽을 것 같은데 그게 무슨 상관이야! 사람을 막 정신병자라고 부르고 나가 죽으라고 말하고 동아리도 그만두라고 말하는데.

문성　　너 지금 고작 동아리 때문에 집을 나온 거야?

아성　　나한테는 중요하니까 그만해. 나 들어가고 싶으니까 좀 비켜줘.

문성　　안 돼. 네가 세상 어디를 가도 상관없는데 내 집은 안 돼. 나한텐 안 되니까 빨리 나가.

아성　　싫어. 지금 갈 곳이 없단 말이야.

문성　　들어오지 말라고 좀. 갈 곳이 없든 말든 내가 무슨 상관이야. 야, 너 어린 게 쓸데없이 머리 굴리지 말고 그냥 집에 들어가. 집 나가면 고생이야, 고생.

아성　너 참 웃긴다. 세상에 네가 나한테 그런 말을 할 군번이나 돼? 부모 꼴 보기 싫다고 나온 게 누군데 나한테 이래라저래라. 어이가 없네.

문성　아 좀!

아성은 문성을 밀치고 방 안으로 들어가 앉는다. 한쪽 다리를 책상에 올린 아성이 치마 주머니를 뒤져 담배를 꺼낸다. 담배를 피우는 아성.

문성　너 지금 내가 집 나갔다고 유세하는 거야? 막 너는, 집에서 좆같은 부모님이랑 좆같이 살고 있는데 나 혼자 밖에서 막 살아서 짜증 나? 나랑 너는 다르지.

아성　뭐가 그렇게 다른데?

문성　그냥 달라. 애초에 난 너를 여기 부른 적도 없어.

아성　너 가관이다. 내가 부른다고 오고 막는다고 가는 사람인가?

문성　……아까부터, 오빠한테 너가 뭐야, 너가.

아성　오빠 같아야 오빠라고 부르지. 할 말이 막히면 사람들은 꼭 이러더라. 권위를 들먹이면서 상대를 짓누르는 거.

문성 이건 나이 때문이 아니라 집주인으로서의 권리야. 그 담배 당장 끄고 나가.

아성 아 좀 내버려둬. 오는 길에 내내 담배 피울 곳이 없어서 미치는 줄 알았어. 날씨는 또 오죽 더운가. 어릴 때부터 담배 피운 건 마찬가진데 우리 흡연자끼리 조금 챙겨줍시다, 응? 둘 다 집도 나온 사인데.

아성이 담배를 내밀고, 문성은 멈칫하다가 담배를 받아 피운다.

문성 담배는 언제 배웠어.

아성 작년에. 열다섯 살 때.

문성 나랑 똑같네.

아성 그래도 많이는 안 피워. 밥 먹고 식후에 한 개씩?

문성 자랑이다, 자랑. 그러면 너 키 안 커. (사이) 대체 집 왜 나온 건지 말 안 해줄 거야?

아성 그게 말이지, 동아리에서.

갑자기 문성의 휴대폰이 울린다. 둘은 번호를 확인하고 깜짝 놀란다. 서로 눈치를 보다가 문성이 먼저 전화를 꺼버린다.

아성 엄마가 나 여기 있는 거 알고 전화한 걸까?

문성   아냐. 엄마는 잊을 만하면 한 번씩 나한테 전화해. 매번 차단하는데도 몇 년째 꾸준하게 연락을 한다니까? 아주 미치겠어.

아성   지금은 받지 마. 나 여기 있는 거 들키기 싫어.

문성   내가 싫어서 안 받아.

아성   엄마랑 싸웠어. (사이) 엄마가 나 연극 하는 거 마음에 안 든다고.

문성   너 연극 해?

아성   학교 동아리에서. 해도 어쩜 그런 작품을 하냐고. 당장 그만두라고 하더라. 싫다니까 그럼 변태라도 될 거냐고 묻고. 그래서 싸우다가 엄마가 때려서 나와 버렸어.

문성   엄마 요즘도 그러시니?

아성   똑같지 뭐.

문성   많이 맞았어?

아성   그냥, 옆에 있는 걸로 맞았어. 책이랑 가방 같은 것들.

문성   거지 같은 인간들. 애가 때릴 데가 어디 있다고 때리냐. (사이) 야, 그냥 집에 가서 연극 그만두겠다고 거짓말하고 좀 빌어. 네가 지금 집을 나와서 어떡하려고 그래.

아성	계속 나와 있는 거 아니야. 연극 끝날 때까지만 있으려고 그래. 열흘만 있으면 끝나.
문성	열흘을?
아성	그때까지만 좀 있을게. 내 담배 나눠줄게.
문성	벼룩의 간장을 빼 먹어라, 차라리. 꽁초를 피우면 피웠지 네 건 안 핀다. 열흘만 있다가 갈 거야?
아성	응. 딱 열흘 뒤에 돌아갈게. 약속해.
문성	아⋯⋯. 부모님이 나 찾아오면 네가 다 책임져야 해. 얼굴 다시 보는 거 생각하면 아주 진저리가 쳐진다.
아성	내가 다 책임질게. 진짜로 내 연극이랑 담배 다 걸고 약속할게.
문성	그놈의 담배 좀 집어치우라니까. 새파랗게 어린 게. 난 매일 아침 9시까지 미용실에 가야 해. 퇴근하면 8시니까 집 어지럽혀놓으면 쫓아낼 줄 알아. 침대는 내 거니까 바닥에서 자고.
아성	담배는?
문성	담배는 화장실에서 피워.

아성은 천연덕스럽게 문성의 새끼손가락에 자기 손가락을 걸고 약속을 한다.

문성의 자취방. 밤. 아성과 문성은 연극 대본을 읽고 있다.

문성   예로부터 남자 중에 고운 사람이 있다고 하나, 어찌
당신 같은 남자가 있겠습니까? 얼굴은 이슬 맞은
꽃송이 같으면서 시원스럽고 행동은 장부이면서 또
아름다우니, 실로 일대의 기남자입니다.

아성   한낱 필부에게 당치도 않은 말씀입니다.

문성   허나 여자의 식견을 너무 어둡게 생각하지 마소서.
규방에서 자라 무지한 소첩이지만 군자의 일을 누
설하지 않을 것입니다. 너무 속이지 마십시오.

아성   우리가 혼인한 지 하루도 되지 않았는데, 내가 어떻
게 그사이 당신을 속였단 말입니까? 당신 말에 뜻이
있는 듯하니 설명해주십시오.

문성   서방님께서 하늘과 달을 속이고 세상을 속여 음양
의 옷을 바꿔 입지 않았습니까. 사정을 설명해주세
요. 저는 당신을 저버리지 않을 것입니다.

아성 부인께서 본 것이 맞소. 내가 어릴 적에 부모님을 잃고 의지할 곳이 없이 살아온바, 남자의 옷을 입고 살게 되었고 벼슬까지 지내게 되었습니다. 당신이 본 대로 나는 그대와 같은 여성의 몸이오.

문성 서방님은 저를 희롱하고 싶으셨……. 이게 무슨 작품이라고?

아성 『방한림전』. 좀 쉬운 말로 각색했지.

문성 이거 대체 어디가 쉬운.

아성 계속 읽어.

문성 나도 한때 연극을 했던 입장에서 말하는데 이 작품은 이상해.

아성 뭐 했는데?

문성 학교 동아리.

아성 계속 읽어라.

문성 (관객에게) 이 여동생은 보시다시피 또라이입니다. 제 일상을 완전히 망치고 있어요. 저는 퇴근하면 잠을 자야 하는 사람인데 이게 저를 붙잡아서 대본 연습을 해달라지 뭡니까? 공연이 금방인데 아직도 대사를 틀린다고요. 이렇게 연기를 못하는데 연극에 매달리니까 집에서 성질을 내지. 그래서 애를 때려도 된다는 건 아니지만. 싫다고 불 끄고 잤더니 다음 날 화장실이 너구리굴이 되어서 방 안까지 연기가 매캐하지 뭡니까? 화를 내니까 30분만, 대본 연습 좀 도와달래요. 상대가 정말 연기를 잘해서 자기도 그만큼 맞춰야 할 것 같다고. 이걸 들어준 나도 미친 놈이지. 뭐, 저도 한 번쯤 연극을 해보고 싶었으니까요. 다른 대본이었다면 더 좋았을 테지만요. (다시 아성을 보며) 서방님은 저를 희롱하고 싶으셨습니까?

아성   거짓말이 쌓이다 보니 끝내 여기까지 왔군요. 앞길이 창창한 젊은 소저에게 참으로 미안하오. 당신 앞에 차마 낯을 들 수 없군요.

문성   참으로 잘되었습니다!

아성   뭐라고요?

문성   내 평생 여자로 태어나 남편에게 복종하는 삶을 한으로 여겼습니다. 하찮은 사내의 아내가 되어 평생을 순종하며 사느니, 당신처럼 훌륭한 여자와 결혼하는 것이 백배 낫습니다. 당신과 부부처럼, 자매처럼 한평생 사는 것이 제 소원입니다.

아성   부인, 그 말이 진심입니까?

문성   당연히 아니지.

아성   제대로 읽으라니까!

문성   어떻게 이런 걸 진지하게 읽어! 이건 뭐, 한국 드라마도 아니고 무슨 막장이냐? 남장 여자가 나와. 근데 아무도 애를 의심 안 해. 그래서 버슬을 하고 약혼까지 하는데 장인어른도 정체를 못 알아봐. 그런데 심지어 뭐 이 아내가 진실을 알고, 잘됐다! 아 너무 좋다, 난 당신 같은 사람을 기다렸다. 이런 말도 안 되는 이야기가 어딨냐.

아성 이래서 늙은것들은 안 돼. 엄밀히 따지면 〈커피프린스〉 같은 게 『방한림전』의 아류지. 그리고 시대가 조금 달라서 그렇지 둘 다 한국 드라마 맞잖아.

문성 너의 '조금'은 세기를 넘나드는구나.

아성 『방한림전』은 다른 남장 여자 드라마랑 다르다고.

문성 대체 어디가.

아성 방한림이랑 영혜빙이 결혼하잖아. 한국문학 최초의 동성 결혼이 등장하는걸.

문성 아까 그 여자 이름이…… 영혜빙이구나. 이게 제일 말이 안 된다고. 세상에 어떤 여자가 남장 여자랑 선뜻 결혼을 해?

아성 영혜빙 취향이 그런 여자일 수도 있지.

문성 얘네가 레즈비언이라고?

아성 내 생각엔 그런데.

문성 야, 내 생각에, 방한림은 몰라도 영혜빙은 아니야. 영혜빙은 남자랑 살기 싫어서 방한림이랑 결혼하는 거지. 일종의 차선책이랄까.

아성 남자를 싫어하는 것과 여자를 좋아하는 건 완전히 별개의 문제야. 그건 남성 중심적인 사회에서 이분법적 사고가 일으키는 흔한 오류라고.

문성 너 되게 잘난 척 잘한다.

아성 넌 되게 우리 선생님처럼 말한다. 막 이 작품에서 남자가 의도적으로 배제되었다느니, 분명 남자에 크게 덴 사람이 썼을 거라니 하는 식으로 말하는 거.

문성 난 그렇게까진 말 안 했어. 대체 얘가 왜 방한림을 좋아하는지 모르겠다니까.

아성 영혜빙이 동성애자인데, 취향이 방한림 같은 여자일 수도 있지! 여하튼 요점은, 이게 조선시대에서 최초로 동성 결혼이 등장하는 작품이라는 거야. 영혜빙은 첫 만남부터 방한림이 여자라는 걸 알았으면서 고민도 안 한다고. 여기서 더 멋진 건 이 결혼의 시작을 리드하는 게 영혜빙이라는 거지. 전전긍긍하는 방한림을 이끌면서 '우리 결혼합시다! 함께 비밀을 지킵시다!' 하는 거야.

문성 난 그래도 방한림을 고른 건 취향보다는 편하게 살겠다는 목적이 더 크다고 보는데. 남자 만나서 애

낳고 사는 것보다 당신이랑 결혼해서 자매처럼 사는 게 더 낫겠다고 대본에서 본인이 말하잖아.

아성   내가 이 대본에서 마음에 안 드는 게 바로 그거야. 왜 둘이 서로 사랑할 수 있다고 말을 안 해? 뭐 자매애가 있을 수도 있지. 하지만 자매애에서 시작해도 로맨스가 될 수도 있고, 처음부터 로맨스일 수도 있잖아.

문성   여자 중학교에서 공연하려면 아무래도 그건 안 되겠지.

아성   미치겠네.

문성   너희 선생님은 대체 왜 이걸 골랐어?

아성   연극부에서 해마다 고전소설을 각색하는데, 〈심청전〉, 〈춘향전〉, 〈토끼전〉, 〈숙영낭자전〉, 〈숙향전〉 기타 등등 다 하고 나니까 더 이상 할 게 없더래. 그래서 〈방한림전〉으로 넘어왔어.

문성   너도 참 이상한 걸 한다. 이것 때문에 엄마랑 그렇게 싸운 거야?

아성   쓸데없는 거 하지 말고 공부하라는 것도 있었고 이런 주인공을 연기하는 게 싫다는 것도 있었고 그렇지 뭐.

문성   넌 이 연극이 마음에 들어?

아성   응. 나는 그렇게 옷 갈아입듯이 무언가로 변하는 게 좋아. 방한림은 남자 옷을 입는 것만으로 남자가 될 수 있었잖아.

문성 남자 교복 입고 싶은가 봐.

아성 머리도 자르고 싶어.

문성 나 일하는 미용실에서 보니까, 머리가 사람 인상을 많이 좌우하긴 하더라. 머리 짧은 여자 손님들은 언뜻 보면 남자인가 싶더라고.

아성 머리카락이 사람 인상에서 차지하는 비중이 그렇게나 커?

문성 응. 그래서 이 일이 좋은 거지.

아성 어차피 연극하면 자르게 되겠지만. 머리 자르는 것처럼 다른 것들도 쉬웠으면 좋겠어. 키는 더 커지고 살은 더 빠지고. 요새 보니까 같은 반 애들 키가 매일매일 크더라고. 나랑 비슷했던 애들인데 이제 제법 큰 것 같아.

문성 원래 여자는 굴곡이 생기고 남자는 키가 크는 거지. 그게 어떻게 네 마음대로 되냐.

아성 몰라. 그냥 나이가 들면 나도 어느 순간 그렇게 늘씬해지고 키가 클 것 같아. 어깨도 생기고 얼굴도 좀 더 잘생겨지고.

문성 너 사춘기잖아. 키가 크거나 뭐 2차성징이 온다면 지금인데.

아성	그러니까 언젠가 그렇게 될지도 모른다고.
문성	그건……. 그렇게 될 리가 없잖아?
아성	가끔 스무 살이 넘어서도 키가 크는 애들이 있잖아! 나도 그럴 수 있지. 왜 사람 기를 죽이고 그래?
문성	나도 키가 안 큰데 너라고 다르겠어?
아성	나는 다를 수도 있지! 야. 내가 뭐 날개를 달고 싶대 아니면 남의 생각을 조종하고 싶대? 그냥 키 좀 크고 멋있어지고 싶다는 거잖아!
문성	왜 화를 내고 그래? 현실적으로 가능하지도 않은 걸 바라니까 그렇지.
아성	어차피 무대 올라가면 비슷하게 될 테니까 상관없어. 그냥 쓸데없는 이야기 하지 말고, 희곡이나 좀 읽어줘. 나 학교 가기 전까지 연습해야 한단 말이야.
문성	집도 나온 놈이 학교는 참 꼬박꼬박 가요.
아성	뭐라고?
문성	이제 저는 아내로서 당신에게 애정과 존경을 바치고, 죽는 날까지 한마음 한뜻으로 비밀을 지킬 것입니다. 허나 한 가지 염려되는 것이 있는데, 나이가 더 들어도 수염이 자라지 않으면 그때는 어떻게 하시겠습니까? 그때도 사람들을 속일 수 있겠습니까?

3장

문성의 자취방.

아성   대사가 많이 매끄러워졌다고 칭찬받았어.

문성   누구한테?

아성   있어. 그런 사람.

문성   너, 뭐 연애라도 하냐.

아성   같이 연극 준비하는 애야. 쓸데없는 소리 하지 말고 대본이나 펴. 제4장. 결혼한 방한림은 승진을 거듭하고 양자를 기르며 잘 살고 있다. 어느 날 유모가 말한다.

문성   초목도 열매를 맺고 동물도 짝을 짓는데, 어찌하여 두 분께서는 순리를 따르지 않으십니까? 사람으로 태어난 이상 자식을 보셔야지요. 원컨대 진짜 군자를 얻으셔서 황영의 자매처럼 지내는 게 어떨까 합니다.

아성   할미는 어찌 이런 말로 사람 마음을 불편하게 하는가? 내가 비록 여자의 몸이나 남편 노릇을 하고 있으며, 우리 사이에는 비록 양자일지언정 훌륭한 아들이 있건만. 만일 괴이한 소문이 돈다면 길러준 은혜가 있으나 결단코 용서하지 않으리라.

문성   황영의 자매라는 게 뭐야?

아성   중국 설화에 보면 한 임금에게 시집간 두 자매 이야기가 나와. 셋이서 화목하게 잘 살았대. 여기서 유모는 남자를 하나 구해다가 남편 삼고, 방한림이랑 영혜빙은 그 자매처럼 부인으로 들어가라, 뭐 이런 이야길 하는 거지.

문성   징그러운 이야기다.

아성   나도 그렇게 생각해.

문성   이 대본, 계속 읽다 보니까 좀 이상해. 분명 처음에 유모가 고아가 된 방한림을 돌봐줬잖아.

아성   그리고 방한림이 결혼한다고 했을 때 아가씨는 남자를 만나야 된다고 야단치기도 하고 말이야.

문성   근데 이 유모 중반부터 등장을 안 해. 어디로 간 거야?

아성   우리도 똑같은 문제로 고민했어. 원작에선 그냥 갑자기 사라진다고. 뭐 죽었다거나 이사를 했다거나, 하다못해 방한림이 구박을 못 견뎌 유모를 새우잡이

어선에 팔아넘겼다든가 하는 언급도 없다고.

문성 각색할 때 이 부분은 신경 안 썼어?

아성 선생님이 쓸데없는 이야기를 넣느니 그냥 중반부터 자연스럽게 퇴장시키래. 원래 인생에선 늘 있던 사람이 갑자기 없어지기도 하는 법이라고.

문성 너희 선생님, 능력 부족을 굉장한 궤변으로 넘어가는구나.

아성 그럼 넌 유모를 성공적으로 퇴장시킬 수 있어?

문성 그게 됐으면 내가 진작 소설가로 전업했겠지.

아성 사실상 방한림의 유일한 적은 오랑캐가 아니라 유모라고 보거든. 남자로서 살아가겠다는 목표에 제동을 거는 적극적 방해자가 유모잖아. 다른 사람들은 방한림의 정체를 모르거나 아니면 알아도 신경을 안 쓰거나.

문성 애가 좀 치트키를 쓴 것 같긴 하더라. 세상이 다 방한림을 너무 좋아하던데.

아성 그러니까 부럽지 않아? 완전 판타지잖아. 세상이 다 남자로 알아봐주고 대접도 잘해주고, 좋은 여자랑 결혼도 하고 입양한 아들도 있어. 죽을 때도 남자로 죽지.

문성 그럼 방한림은 뭔데. 방한림은 남장 여자인 거야 아니면 남자가 되고 싶은 여자인 거야?

아성 물론 두 가지 다 가능해. 방한림이 크로스 드레서일 수도 있고, 아니면 시대적 한계에 부딪힌 트랜스젠더일 수도.

문성 너 어려운 말 잘하는구나.

아성 다 알아들으면서 낯선 척하지 마.

문성 죽을 때까지 남자였다는 건 무슨 소리야?

아성 나중에 방한림이 왕에게 커밍아웃을 해. 저 사실 여자였습니다, 그동안 속인 죄가 있으니 벼슬을 내려놓고 죄를 받겠습니다. 왕은 놀라지. 어떻게 그동안 한 번도 티가 안 났느냐고.

문성 내 생각에 이 소설에 나오는 애들은 방한림이랑 부인 빼고 다 동태눈깔이야. 수염도 안 나는 남자를 보면서 티가 안 난다고?

아성 왕이 말하지. 몸은 비록 여자이나 그동안 이룬 것이 남자와 다름없으니 벼슬을 빼앗을 수 없다고. 그리고 방한림이 죽었을 때 왕은 훌륭한 신하를 잃었노라고 슬퍼하면서, 장례를 남자식으로 치르라고 해. 옛날에는 여자와 남자 장례 양식이 달랐나 봐.

문성 그럼 이건 남장 여자 소설이 아니잖아.

아성 맞아. 분명 방한림은 사회적으로나 개인적으로나 여자가 아니었지. 하지만 학교 공연에선 주인공이 트 랜스젠더라고 할 수 없잖아? 적어도 한국 중학교에 선 안 되겠지.

문성 네가 아쉽겠네.

아성 내가 왜 아쉬워.

문성 여태까지 네가 방한림의 정체성을 두고 이야기한 것만 정리하면 논문이 한 편은 나오겠다. 그리고 너 좀, 뭐랄까. 넌 방한림처럼 되고 싶은 것 같아.

아성 내가? 내가, 그럴 수도 있겠지. 비슷한 생각을 안 해 본 건 아니야.

문성 너 어렸을 때 아빠 면도기로 턱 밀었다가 다친 거 기억나?

아성 어릴 때는 대부분 그런 사고를 쳐.

문성 대부분의 여자애들은 어릴 때 엄마 립스틱을 바르다가 사고를 쳐.

아성 ……그렇게 살아보고 싶다는 생각을 해보긴 했어. 그냥 시도할 자신이 없는 거지. 실제로는 옷을 갈아입는 것보다 더 많은 노력이 필요하잖아.

문성 우리 부모님은 쓰러지실 테고.

아성 집 나오면 그때는 다시 생각해볼게.

문성 너 지금 집 나온 거 아니었어?

아성	어른이 되어서 집을 나오면 그때. 청소년 시절에 하는 건 가출이야. 어른이 되어서 집을 나오는 건 독립이지.
문성	집 나왔다고 다 독립이냐. 금전적, 신체적으로 다 독립해야 독립이 되는 거지.
아성	정신적으로도 독립했어?
문성	집 있고, 직장 있으면 된 거지. 그보다 뭐가 더 필요해? (사이) 혹시 집에서 나 두고 뭐라고 하니?
아성	그게 궁금하면 직접 가서 물어봐. 연락을 하고 얘기를 해. 항복하라는 게 아니라, 일단락을 지어.
문성	네가 먼저 그렇게 하면, 나도 생각해볼게.
아성	먼저 집 나온 사람이 해결을 해야 나도 하지.
문성	너는 어쩜 그렇게 애가 말을 한 마디도 안 지냐? 독하다, 독해.
아성	내가 누군데, 너랑 하는 말싸움에서 지겠어?

둘은 웃는다.

4장

문성의 자취방.

다투는 듯한 말소리. 문 열리는 소리와 함께 무대 밝아지며 문성이 들어온다. 침대에 엎드려 있던 아성이 뒤돌아본다.

문성   ……들었어?

아성   너무 잘 들려서. 여자친구야?

문성   응?

아성   사귀는 사이냐고.

문성   뭐…… 그래. 얼마 안 됐어. 괜찮은 애야.

아성   둘이 싸우는 것 같던데.

문성   서로 바라는 게 달라서 그래. 흔한 이유잖아? 걔가 나한테서 기대하는 게 있고, 나도 걔한테 기대하는 게 있지. 근데 나는 걔가 바라는 사람이 아닌가 봐.

아성   사람이 상대가 원하는 대로 다 변할 수 있는 건 아니잖아.

문성   내가 걜 너무 좋아해서 맞춰주고 싶어서 그래.

아성	그게 바로 연애가 망하는 가장 큰 이유야.
문성	사람이 사람을 좋아하면, 상대에게 맞춰주는 건 당연한 거야.
아성	하지만 사람이 항상 누군가에게 맞춰줄 수 있는 건 아니야. 우리는 물론 나쁜 점을 고치려는 노력을 하겠지. 그래도 잘못되지 않은 것까지 고치라고 할 수는 없잖아. 그게 애인이 됐건 엄마 아빠가 됐건.
문성	그럴 때는 그 사람을 떠나면 돼?
아성	가출 숙련자의 입장으로 볼 때, 어떨 것 같아?
문성	언제나 도망치는 게 가장 편하지. 하지만 내가 더 오랫동안 그 사람과 지내고 싶다면, 그리고 이해를 받고 싶다면, 그땐 이야기를 해야지.
아성	그렇게 잘 알면서 왜 애인이랑은 그걸 못 해.
문성	그게 달라. 나도 머리로는 아는데 쉽게 안 되더라고. 네가 대본을 외우긴 다 외우는데 몸으로는 못 하는 것처럼.
아성	기껏 좋은 조언을 해줬더니 연기 못한다고 까는 거야?

둘은 웃는다.

잠깐의 사이

아성   나 그 연극 못 하게 됐어.

문성   뭐? 아니 대체 왜? 며칠만 있으면 공연이잖아.

아성   학부모 항의 전화가 들어왔대.

문성   우리 부모님이야?

아성   모르겠어. 여하튼 그 사람이 말하길, 〈방한림전〉은 학교에서 공연하기 너무 부도덕한 작품이래. 남장 여자가 여자랑 결혼을 하고, 애도 입양하고 뭐.

문성   너네 학교에서 계속 연극을 했으면 춘향이도 몽룡이도 다 여자가 했을 거 아냐. 이제 와서 여자끼리 결혼하는 게 그렇게 큰 문제래?

아성   남녀가 연애하는 작품을 공연하는 건 상관이 없는데, 여자끼리 연애하는 건 다른 이야기라네. 이건 심지어 남자를 연기하던 여자가 결국 남자로서 죽는 이야기니까. 그럼 태어난 성별보다 스스로의 생각이 더 중요하다는 이야기가 되지.

문성   개소리네. 그럼 심청이 연기하는 애들은 다 바다에 뛰어들게?

아성   가치관이 흔들릴 나이의 청소년들을 현혹하는 공연이라고. 동성연애를 미화하고 정체성 혼란을 주는 작품이라던가.

문성   그럼 뭐가 어때서? 아니 그리고 학교도. 그런 항의가 들어왔다고 공연을 막 엎고 그래도 돼?

아성 선생님은 처음부터 그 공연 별로 마음에 안 들었나 봐. 듣기로는 그런 항의가 하나만 있는 것도 아니었 다고 하고. 그리고 또 뭐가 있었는데……. 그건 중 요한 일이 아니야.

문성 또 무슨 문제가 있었어?

아성 동아리 쪽에서. 근데 그건 별 상관없는 일이야. 그게 그렇게 문제될 만한 일도 아니었어.

문성 대체 무슨 일이었는데. 누가 싸웠어? 무슨 사고를 쳤어?

아성 사고가 아니야!

문성 그럼 뭔데.

아성 이야기하기 싫어. 그냥…… 문제가 있었어. 어쨌거나 공연은 못 하게 됐어.

문성 진짜 거지 같네. 아무리 뭐가 있어도 그렇지 애들이 그렇게 열심히 한 공연을 막판에 엎냐. 너네 선생이 라는 인간 진짜 책임감 없다. 와, 쓰레기 같은 놈들.

아성 내 공연 싫어하는 줄 알았는데, 나보다 더 화낸다.

문성 당연히 화가 나지! 열심히 준비하고 고생한 작품을 말도 안 되는 이유로 취소시켰는데.

아성 고마워. 같이 화내줘서.

문성   담배 피울래?

아성   화장실에서 피우라면서.

문성   나도 화날 때는 방 안에서 피워.

문성이 침대 밑에서 담뱃갑을 꺼내 아성에게 내민다. 담배를 피우는
둘.

문성   머리나 자를래? 그럼 기분이 좋아질 거야.

아성   연극이 엎어졌는데 머리는 잘라서 뭐 해.

문성   우울할 때는 원래 그러는 거야. 머리 확 짧게 치고
            나면 기분이 좋아질걸? 너 계속 머리 자르겠다고 했
            잖아. 나가서 자르자.

아성   그럼 네가 잘라줘.

문성   나? 우리 숍에 나보다 더 잘 자르는 사람들 있는데.

아성   네가 잘라줬으면 좋겠어.

문성   그래? 그래. 그러면 뭐, 그러자.

문성은 바닥에 신문지를 깔고, 아성은 의자에 앉아 천을 몸에 두른다.
문성은 아성의 긴 머리카락을 잘라준다.

문성   얼마나 자를까?

아성	아주 짧게. 너처럼 짧게 잘라줘.
문성	학교에서 뭐라 안 그러겠어?
아성	공연도 안 하는 마당인데 나한테 뭘 어쩔 거야.
문성	그럼 진짜 짧게 자른다.
아성	내 머리 잘라준다고 대강 자르고 그러면 안 돼. 잘 잘라줘야 돼.
문성	오냐. 단골손님 자르는 것처럼 정성껏 잘라주마.
아성	쇼트커트는 이렇게 한번에 많이 자르는 거야? 느낌이 이상한데.
문성	예전 머리가 길었으니까 더 많이 잘라야지. 훨씬 가볍지 않아?
아성	응. 훨씬 낫다.
문성	앞머리는 눈썹 선에 맞춰서 자른다.
아성	너처럼 잘라주면 돼. 눈썹 선이면 똑같겠지.
문성	계속 자를게.

문성은 계속 머리카락을 자르고 있다.

아성	그래도 나 대본은 다 외웠는데.
문성	그러게. 너 진짜 열심히 했잖아.
아성	옷도 예전에 썼던 거 재활용이지만 다 있었고. 아직

　　　　　드레스 리허설도 못 해봤는데.

문성　　너 공연했으면, 나 보러 갔을 거야.

아성　　일하느라 바쁘지 않아?

문성　　그 공연 보고 싶었어. 그리고 나도 한 번쯤은 연극 해보고 싶었거든. 무대 위에도 올라보고. 제대로 된 공연도 해보고. 나도 연기 동아리 했었던 것 같은데, 그건…….

아성　　그 동아리에서는 무슨 일이 있었어?

문성　　……기억이 잘 안 나.

아성　　거기에서도 우리 학교 같은 일이 있었나 봐.

문성　　그랬던 것 같아. 하도 오래전 일이라서. 근데 나는 연기하는 거, 괜찮았던 것 같아. 다른 사람이 되어볼 수 있다는 게 제일 좋았어.

아성　　나도 그게 제일 좋았어. 난 방한림이 되고 싶었는데. 연기를 하고 있으면 내가 늘 바라던 무언가가 되는 기분이었어. 그치만 이제 연극은 끝났네.

문성　　연극만 끝난 거지. 네 인생이 끝났냐? 무대가 아니라도 상관없어. 분명 이것저것 더 할 수 있을 거야. 너 하고 싶은 거 아무거나 다.

아성　　어른이 말하니까 묘하게 신뢰가 가네.

문성　　비꼬는 게 아니야. 그래, 다 할 수 있다는 말은 정정

할게. 지금보다는 더 많은 일을 할 수 있어. 무대가 아니라 현실에서도.

아성　정말 그렇게 될까?

문성　너 지금 봐라, 집도 마음대로 막 나오고 담배도 막 피우고 그러잖아. 부모님만 떴는데도 이 모양인데 어른이 되면 얼마나 더 막 나가겠어?

아성　어른이 되면 좀 달라지는 것 같아?

문성　내 입장에서야…… 뭐 그런 것 같아. (사이) 왜, 부모님이 뭐라 그랬어?

아성　엄마 아빠는……. 아냐. 전에도 말했지만 궁금하면 가서 직접 물어봐.

문성　내가 집을 어떻게 나왔는데, 그렇게 막 마음대로 해.

아성　더 이상 싸우기 싫어서 나온 거 아니었어?

문성　그냥 어느 시점에서 더 이상 이 사람들에게 이해를 바라면 안 되겠구나, 그런 생각이 들더라. 별로 이해를 바라고 싶지도 않았고. 그러느라 더 싸우기도 싫었어.

아성　그럼 그냥 가서 말만 해. 지금 이렇게 나는 막 살고 있고, 당신들이 마음대로 바꿀 수 있는 것도 아니다. 그러니까 그냥 인정을 해라. 그렇게 딱.

문성　그게 힘들더라.

아성	아까 부모님이 또 전화했지?
문성	아니, 이번에는 문자. 안 봤어.
아성	한번 전화라도 받아봐. 그게 더 나을지도 몰라.
문성	(웃음) 네가 돌아가면 나도 그렇게 할게.
아성	나 요새 생각하는 건데, 방한림이 왕에게 사실을 고백하지 않았다면…….
문성	않았다면?
아성	남자로 죽을 수 없었을 거다. 그런 생각이 자주 들어.
문성	……머리 다 잘랐다! 거울 볼래?
아성	오, 다 된 거야? 진짜 좋다. 진짜 남자애들 같애.
문성	남자 머리로 잘랐으니까. 너 생각보다 잘 어울린다.
아성	꼭 너 같다. 그치?
문성	응. 이 머리가 너한테 훨씬 잘 어울리네.

5장

어디인지 알 수 없는 곳. 계단 비슷하게 생긴 구조물이나 철골 같은 것들이 작은 미로처럼 배치되어 있다. 이들은 편의에 따라 여러 장소를 대신한다.

문성   다음 날 집에 돌아왔을 때 여동생은 이미 사라져 있었어요. 대체 어디로 간 걸까? 연극을 할 수 없게 되어서 집으로 간 걸까요? 다시 착하게 말 잘 듣는 딸이 되겠다고 약속하고, 연극 같은 건 하지 않겠다고 말하고, 머리도 다시 기르겠다고 하면서? 하지만 그 애가 그럴 리는 없어요. 그건 제가 누구보다도 잘 아니까요.

아성, 다시 무대로 들어온다. 문성이 독백하는 동안 둘은 손을 맞잡고 걷거나 달리고, 춤을 추기도 한다.

문성   저는 꿈을 꿉니다. 아성이가 나와요. 우리는 손을 맞

잡고 인파가 북적거리는 대로에 서 있습니다. 아성
이는 부모님으로부터 도망가려고 해요. 그리고 부
모님이 저기 어딘가에서 우리를 쫓아오고 있습니다.
저는 아성이가 무사히 도망칠 수 있도록 그 애와 함
께 달리고 있습니다. 아직도 그 애는 치마 교복을 입
고 있네요. 치마폭이 좁아서 빠르게 뛰지를 못해요.
꿈속에서 저는 고등학교 시절의 바지 교복을 입고
있습니다. 그 애와 옷을 바꿔줄까 생각하는데, 사람
이 많은 길에서 치마 차림으로 달릴 엄두가 나지 않
아요. 그래서 아성이는 계속 절뚝거리면서 뛰고, 저
는 그 애를 잡아끌며 달립니다.

아성   부모님이 우리 아주 가까운 곳에 있어요. 조금만 멈
추면 그들이 우리를 잡아챌 거예요. 다시 집으로 끌
고 들어가고, 우리를 때리고, 우리에게 실망했다고
말하겠죠?

문성   우리는 사람이 많은 길을 지나 끝없이 지하로 이어
지는 원형 계단을 달려요. 아성이가 뛰다가 넘어지
고 무릎이 깨집니다. 그래도 우리는 계단을 계속 내
려와 지하상가로 갑니다. 지하상가에도 사람이 많
군요. 우리는 우리를 쳐다보는 사람들을 이리저리
피해서 미로 같은 상가의 길을 달리고, 몇 번 헤매기

도 하면서 지하철역까지 내려갑니다. 지하철역에서 우리는 표도 끊지 않고 껑충 뛰어서 무임승차를 해요. 저기 지하철이 오고 있습니다.

먼 곳에서 꿈처럼 지하철 소리 들린다.

문성 이제 아성이와 저는 터미널에 도착했습니다. 아성이는 기차를 타고 어딘가 먼 곳으로 떠나려고 해요. 아주 멀리멀리, 부모님이 더 이상 쫓아올 수 없고 아무도 그 애를 알아보지 못하는 곳으로. 부모님이 이제 우리를 놓쳤다는 생각이 듭니다. 적어도 잠시 동안은 우리를 쫓아오지 못할 거예요. 아성이는 기차표를 끊어요. 청소년. 어딘가로 가는 입석 한 장. 가장 먼 곳으로 가는 기차는 30분 뒤에 출발해요. 부모님은 30분 안에도 우릴 쫓아올 수 있겠죠? 만약 그렇다면 아성이는 그들을 피해서 몰래 기차를 타야 해요. 깨진 무릎을 씻고 잠시 숨기 위해서 그 애는 여자 화장실로 들어갑니다. 어깨에 메여 있던 무거운 가방들을 나한테 넘겨줘요.

아성 지금부터 기차가 올 때까지 숨어 있을 거야. 그동안 여기 앞에서 기다리면서 부모님이 오는지 좀 감시

해줘.

둘은 움직임을 멈춘다. 문성은 아성의 손을 놓고, 아성은 문성에게 가방을 넘겨준다. 아성은 무대 끝의 구조물 위에 올라 존재하지 않는 것처럼 앉아 있다.

문성 나는 촌스러운 광고가 붙어 있는 전광판 앞에 서서 그 애를 기다려요. 아성이는 더러운 터미널 화장실 칸 어딘가에 웅크리고 시간이 가기만을 기다리고 있겠죠. 사람들이 지나갑니다. 그들은 땀에 젖은 나를 바라봅니다. 아성이는 나오지 않고 시간은 아직 10분도 지나지 않았어요. 전광판 앞에서 나는 끊임없이 이어지는 원형의 계단과 사람들로 가득한 대로를 생각합니다. 어딘가에 부모님이 있을 수 있기 때문에 저 모든 사람들은 나를 쫓는 추격자입니다. 그들이 저 상가 사이로 갑자기 얼굴을 내밀거나 어느 순간 내 어깨를 잡을지도 모른다는 생각이 머리를 떠나지 않아요. ……이 ……모든 것이, 의미 없게 느껴집니다.

문성은 등을 돌려 구조물 위에 앉아 있는 아성을 바라본다. 아성은 몸을 웅크리고, 문성은 어깨에 메고 있던 가방을 바닥에 떨어트린다.

문성   나는 가방을 내려놓고, 등을 돌려 터미널을 나갑니다. 여태까지 달리고 뛰던 것이 아무것도 아닌 것처럼. 나는 다시 지하철을 타고 지하상가의 미로를 지나 원형의 계단을 따라 끊임없이, 끊임없이 올라갑니다. 아주 천천히 계단을 오르고 있습니다. 햇살이 비치네요.

아성   잠에서 깨어납니다.

문성은 앉는다. 무대가 조금 밝아진다.

문성   그사이 30분은 더 지났겠죠. 아성이는 아직도 그 화장실에서 웅크리고 나를 기다리고 있을까? 내가 잡힌 게 아닐까 하면서 불안에 떨고 있을까? 아니면 기차를 타러 터미널로 나갔을까? 부모님이 기차보다 더 빨리 그 애를 찾아냈을까요? 부모님이 머리채를 잡고 그 애를 끌고 나갔을까요? 나는 알 수 없습니다. 나를 잡아매는 건, 내가 결국 그 애를 버리고 떠났다는 사실이에요. 어떤 이유나 징조도 없이 난 그냥 아무렇지 않게 그 애를 두고 떠났습니다. 여태까지 그렇게 열심히 달린 주제에, 왜. 왜? 왜? 어째서? ……그리고 저는, 그 꿈속의 아성이가, 10년 전의 나랑 똑같이 생겼다는 사실을 깨닫습니다.

잠시 정적. 무대가 환하게 밝아진다.

문성　　내게 여동생이 있던 적은 단 한 번도 없어요. 나는 외동아들입니다. 혹은, 외동딸이거나.

아성　　열여섯 살 때를 기억하나요? 우린 대부분 그 나이를 잊어버려요. 때로 우린 그 시절을 필사적으로 잊어버리려고 노력하죠. 기억하고 싶지 않은 것들이 너무나 많아요. 열여섯의 나, 내 이름은 이아성입니다. 머리카락은 헝클어져 있고, 뺨에는 여드름이 범벅인데다가 하나도 예쁘지 않아요. 교복 치마 사이로 살찐 허벅지가 스쳐서 빨갛게 달아오릅니다. 저기 내책상 위에 식판이 엎어져 있네요. 모두가 나를 비웃어요. 겉멋이 잔뜩 든 병신이라고. 나는 그때 바지를 입고 싶었습니다. (문성과 같이) 나는 그때 방한림이되고 싶었어요.

문성　　동아리에선 연극 준비를 하고 있었어요. 그들이 날뽑아준 건 그해 사람이 부족했기 때문이죠. 나한테주인공을 맡긴 건 조롱이었어요. 대사도 길고 재미있는 장면도 없는 고전은 아무도 하고 싶지 않았던 거예요. 하지만 그 애가 있었습니다. 본명은 기억이 안 나요. 걔는 계속 영혜빙이에요. 극 속에서 나는 그녀를 만나 결혼을 하고, 사랑한다는 이야기와 약속을 나누고, 아이를 기르고 살다가 한날한시 함께 죽습니다. 연습 속에서 우리는 수십 수백 번씩 그것을 반복합니다. 그건 사랑이었을까요. (아성과 같이) 연극은 엎어집니다.

아성 누군가가 작품의 도덕성에 관해 항의를 넣기도 했고, 결정적으로는 내가 그녀와 키스하는 걸 들켰기 때문이죠. 영혜빙은 키스할 때 내 어깨에 손을 둘렀습니다. 그건 연습이 아니었고 모두가 그걸 알았어요. 그녀는 학교에서 사라졌습니다. (문성과 같이) 나는 사라지지 못합니다.

문성 나는 나머지 1년을 다 채워 졸업을 합니다. 고등학교에도 그 이야기가 따라와요. 3학년 때 나는 학교를 그만둡니다. 부모님은 나를 낯설어하다가 결국 끔찍하게 여겨요. (아성과 같이) 저건 누구지? 너는 누구지?

아성 네가 계속 그따위로 살면, 나는 목매달고 죽어버리겠다.

문성 스무 살의 이아성, 집을 뛰쳐나옵니다. 일을 합니다.

병원에 갑니다. 스물셋, 나는 미용실에 취업합니다. 머리를 다듬고 자르는 건 내 인생에서 처음으로 느껴본 변신의 쾌감이었어요. 그래서 나는 미용사가 됩니다. 그들이 내 이름을 묻습니다. 나는 답해요. 문성, 이문성이라고 나는.

아성 우리는 거짓말에 능숙해져요. 말하지 않거나, 다르게 말하는 것에 아주 익숙해집니다. 스무 살 전에는 어떤 일도 일어나지 않았습니다. 그렇게 우리는 아성이를 내버렸습니다. 그랬더니 아성이 직접 찾아왔지요.

문성은 천천히 몸을 돌려 아성과 눈을 마주한다.

문성 네가 어디 가서 확 뒈져버렸으면 좋겠어.

아성 나를 매달고 던지고 밀치고 죽이고.

문성 너를 기억하는 나도 다 죽어버렸으면 좋겠어.

아성과 몸싸움하는 문성, 실패하고 앉아버린다. 그사이 아성은 구조물 높은 곳으로 올라간다.

아성 아무도 나를 죽일 수 없어.

문성   하지만 성공할 수는 없었던 거지?

아성   아무도 나를 죽일 수 없어.

문성   거짓말을 할 때 철저해지는 게 그렇게 나쁜 일이야?

아성   아무도 나를 죽일 수 없어.

문성   제발, 아, 제발.

아성   아무도 우리를 죽일 수 없어.

문성   아, 왜, 아무도 우리를 죽일 수 없어? 너를 죽일 수
         없어? 나는 죽을 수 없어? 우리는.

아성   우리는 죽지 않아.

6장

다시 문성의 방.

문성　　어떻게 이야기를 해야 돼?

아성　　이렇게 시작해보자. 내가 소년이었을 때.

문성　　내가 소년이었을 때…… 나는 무대 위에 있었어.

아성　　무대 위에서 나는 소년이었었지.

문성　　그리고 나는 어느 순간 무대보다 더 넓은 곳에서 소
　　　　　년이 되고 싶었어.

아성　　세상은 무대 위나 다름없지만, 무대에서만 할 수 있
　　　　　는 일이 있고 세상에서 할 수 있는 일이 있지.

문성　　나는 그래서, 소년이 되기로 했어.

아성　　혹은, 내 나이를 고려한다면 남자가.

문성　　그래서 나는……. 그리고 그다음엔?

아성　　우리는 옷을 갈아입었지.

문성　　나는 옷을 갈아입었어.

아성　　그리고 그건 꽤 잘 어울리는 옷이고.

문성   정말?

아성   그래. 잘 어울려.

문성   또 올 거야?

아성, 말없이 웃는다.

무대 어두워진다.

막

세상의
첫
생일

등장인물   사람1   18세. 여성. 전직 편의점 알바생, 현직 편의점 점장

                사람2   아마도 18세. 아마도 여성. 사람1에게 데이트 신청을 했다.

시간   여름 늦은 밤, 알 수 없는 이유로 성인들이 모두 사라져버린 세상의 어느 날

공간   어딘가 바깥의 노상 테이블

야외 테이블, 두 사람이 마주 보고 앉아 있다.

조금 어색한 침묵 후,

사람2 보통 사람들은 이런 자리에서 무슨 말을 하죠?

사람1 글쎄요. 저도 데이트는 한 적이 별로 없어서. 옛날엔 뭐 하셨어요?

사람2 아, 저는 한솔고등학교 2학년 7반이었어요.

사람1 편의점 점장이요. 전에는 편의점 알바생.

사람2 학교는요?

사람1 그게 중요해요?

사람2 그런 건 아니지만.

사람1 학교는 누리고등학교, 2학년 3반이었고. 지금은 무슨 일 해요?

사람2 지금은 모르겠어요. 아무래도. (짧은 사이) 요즘 어떻게 지내세요?

사람1 그럭저럭이요. 그쪽은요?

사람2 저는 잘 지내요. 음,

사람2는 비닐봉지에서 카스 캔을 하나 꺼내 건넨다.

사람1 이건 왜 주세요?

사람2　　　보통 사람들이 만나서 서로 친해질 때 술 마시지 않
　　　　　　　나요? 많이 그러던데.

사람1　　　저는 취해야 재밌다고 생각하진 않아요. 다른 사람
　　　　　　　들처럼 우리가 할 수 있는 최고의 일이 일탈이라고
　　　　　　　생각하지도 않고요. 왜, '증발' 이후 사람들이 가장
　　　　　　　많이 했던 게 그런 거였잖아요.

사람2　　　부수고 파괴하고 약탈하고 강간하고?

사람1　　　음주랑 범죄는 다르지만 그런 시대는 이미 지났죠.

사람2　　　하긴 우리 지금 이 시간에 밖에 나와 있죠.

사람1　　　경찰서 애들이 그래요. 생각보다 그렇게 불가능한
　　　　　　　일은 아니었다, 우리는 어떻게든 할 수 있었다. 저는
　　　　　　　그 말이 좋아요.

사람2　　　그래서 술을 안 마시나요? 증발 이전과 구분을 두
　　　　　　　고 싶어서?

사람1　　　저는 예전부터 계속 마셔요.

사람2　　　그런데 왜.

사람1　　　저 한국 맥주 별로 안 좋아해요.

사람2, 조심스럽게 캔 내려놓고 비닐봉지에서 새로운 맥주를 꺼낸다.

사람2　　　(조금 수줍게) 스텔라 아르투아.

둘은 캔 뚜껑을 딴다.

사람1　첫 데이트가 편의점 앞이라서, 실망하지 않았어요?

사람2　직장에서 하는 데이트니까 신선하죠.

사람1　예전에는 항상 눈에 안 띄게 집 안에서만 마셨으니까. 지금은 밖에서 마시는 게 좋더라고요.

사람2　그래서, 요즘 사는 건 좀 어때요?

사람1　다시 태어난 것 같이, 완전히 새롭네요.

사람2　좋다는 건지 아닌 건지. 좀 더 말해줘요.

사람1　전에는 성인이 되어야 인생이 시작된다고 생각했어요. 다들 미래를 위해 지금을 참는 거라고 했잖아요? 아니 열여덟 살이 할 수 없는 일이 좀 많아야지.

사람2　우리는 바깥에선 못 자고, 청소녀답게 굴어야 하고, 알바처에서는 최저시급 안 주고.

사람1　어떤 것들은 좋아지고, 어떤 것들은 글쎄. 이제 제가 점장이니까 다른 직원들도 월급은 올랐죠.

사람2　이제 월급도 더 받아요? 얼마 받는지 물어봐도 될까?

사람1은 살짝 몸을 기울여 사람2의 귓가에 속삭인다. 사람2의 눈이 커지고 사람1은 어깨를 으쓱한다.

사람1   조금 더 저축해서 이사도 가려고.

사람2   오, 축하.

사람1   집도 내 거고 시간도 내 거예요. (사이) 어디 살아?

사람2   비밀. 그래서 사는 거 좋아?

사람1   응. 상당히 새롭고 신기한데, 완전히 신세계는 아니고. 이걸 어떻게 말하면 좋을까?

사람2   요즘 애들 말세란 이야기는 점토판에 문자 새기던 때부터 했잖아. 그게 거짓말이었다는 사실을 축하한 다고 하면 어때.

사람1   요즘 어른들 영 못쓰겠더라고. 세상 물정을 몰라서 버릇이 없어.

사람2   거기에 세상이 끝나지 않았다는 사실을 기념한다고 도.

사람1   가끔은 증발 이전이 낯설어. 내가 정말 매일 열 시간 씩 의자에 앉아 있었나? 어떻게 학교를 다녔는지 기 억나?

사람2   사실, 나 학교 안 다녔어.

사람1   알아. 알아서 물어봤어. 한솔고등학교는 6반이 끝이 거든.

사람2   왜 아무 말 안 했어?

사람1   별로 중요하지 않은 거 같아서. 하지만 네가 어떤 사람인지는 궁금해서.

사람2   나 사실 열여덟 살도 아니야.

사람1   열일곱? 열아홉?

사람2   …….

사람1   설마 그것보다 어려?

사람2   그것도 아니라……,

사람1   제발 열여섯 살이라고 말하지는 마.

사람2   나이도 없고 생일도 없다고 하면 좀 그런가.

사람1   아무리 이런 세상이라고 해도 그건 좀.

사람2   이럼 어때? 사실 나는 전지전능한 신 같은 거라서.

사람1   허.

사람2   편의점 알바 하는 너를 보고 반해서 너랑 만나고 싶었어. 그런데 너는 다른 사람들 때문에 너무 바빠서, 어떻게 해도 데이트하자는 말을 꺼낼 수가 없더라고. 그래서 널 만나려고 내가 다른 사람들을 다 없애버렸어.

사람1   논리의 비약이 참…….

사람2   그럼 그냥, 그럴 수도 있다고 생각해봐. 아닐 수도 있지만.

사람1   왜 스무 살이 넘는 어른들만 없앤 건데?

사람2   그게, 대부분 나쁜 사람들이 다 성인으로 묶였는데,

하나하나 분석해서 좋은 사람과 아닌 사람을 골라
내려니 너무 어려워서…….

사람1 그래서 그냥 스무 살 이상은 다 어른이고 다 꼰대라
고 친 거니.

사람2 이상하게도 사람들이 스무 살만 넘으면 그렇게 되는
거야. 군림하고 조롱하고 통제하고. 나이가 들면 들
수록 더 심해지기만 하더라. 부모, 선생, 자타칭 선배
들이며 모두가 다 그래서 어떻게 할 방법이 없었어.

사람1 모두가 다?

사람2 옆집 앞집, 서울과 부산, 모든 대륙의 모든 사람들
이. 다들 백 퍼센트 나쁜 사람들은 아니지만 모두가
조금씩은 다 그랬어.

사람1 그러니까, 말 한번 걸어보려고 인간 증발의 대홍수
를 일으켰다는 말이야?

사람2 아니, 기회가 되면 얘기도 좀 길게 하고 그러다 말이
잘 통하면 데이트도 하고……. 그런 걸 기대했지.

사람1 방금 그거, 내가 살면서 들어본 고백 중에서 제일 로
맨틱하고 제일 끔찍한 말이야.

사람2 이런 말 믿기 힘들어?

사람1 몰라. 네가 아예 거짓말을 하고 있어도 상관없고, 네
가 진짜 신이라도 상관없는데. 아니 나 정말 좋아하

던 뮤지션들이 죄다 어른들이라…….

사람2 아…….

사람1 덕분에 지금 공연은 고사하고 신곡도 없어졌는데……. 아, 그렇다고 네 탓을 하는 건 아니고…….

사람2 미안해. 나도 어려서, 뭐가 뭔지 잘 몰랐어.

사람1 신이라면서?

사람2 그래도 어려. 그게 변명이 될 수는 없겠지만.

사람1 그런 사람들을 바꿀 수는 없었던 거야?

사람2 나는 인간의 자유의지를 존중해.

사람1 신 맞아?

사람2 모든 어른들이 다 죽고 싶어 했는데?

사람1 그럴 리가.

사람2 믿어도 좋고 안 믿어도 상관없어.

사람1 ……그러면 나도 네가 정말 전지전능하든 아니든 상관없다고 생각할게.

사람2 방금 너 어른처럼 말했어.

사람1 어른처럼 군 건 너지. 자기가 모든 걸 다 알고 있다고 생각하고 다 좋은 일을 하고 있다고 생각하는 게.

사람2 아……. 네 말이 맞는 것 같기도 해.

사람1 물어보고 싶은 건 있어. 그들은 다 어디로 간 거야?

사람2 각자 가고 싶은 세상에. 자기가 좋아하는 곳에.

사람1   넌 뭘 좋아해?

사람2   넷플릭스.

사람1   넷플릭스 앤 칠?

사람1과 사람2, 잠시 말없이 술만 마신다. 맥주가 비어간다.

사람1   앞으로 새로운 노래가 나올까?

사람2   네 노래? 아니면.

사람1   어느 쪽이든.

사람2   분명 나올 거야. 어느 쪽이든.

사람1   혹시 나도 스무 살이 넘으면 다른 어른들처럼 사라져?

사람2   아닐 거야. 네가 어떻게 살아가고 싶으냐에 따라 다르겠지만.

사람1   나는 그들과는 다르게 살 수 있을까? (사이) 내가 지금처럼 나이를 먹을 수 있을까? 원하는 음악을 할 수 있을까? 더 살고 싶은 마음이 들까?

사람2   내가 답하면 도움이 될까?

사람1   어른들이 증발하고 나서, 나는 처음으로 내가 어린 애도 소녀도 아닌 사람이 되었다는 생각이 들었어. 지금은 그게 시작이야.

사람2   이제 이 땅에는 성년식이 없잖아. 그렇다면 모든 생
　　　　　　　일이 새로울 테니까, 나도 괜찮을 거라고 생각해.

사람1   생애 처음으로 내게 뭔가 주어져서, 혹은 그런 개념
　　　　　　　도 없어져서 세상이 계속 있어. (사이) 너 어디 살아?

사람2가 몸을 기울여 사람1에게 뭔가 속삭인다.

어딘가에서, 사라진 이십대 뮤지션의 음악이 흘러나온다.

막

우리는
그것을
찾아서

등장인물 여자 열일곱 살에서 열아홉 살 정도. 생김과 이름은 자
유롭다.

남자 나이는 여자와 비슷하다. 마찬가지로, 외모나 신
상 명세는 자유로이 정할 수 있다.

시간 알 수 없는 이유로 세상의 어른들이 사라져버린 어느 날,
해 질 녘의 시간

공간 약국 혹은 편의점 앞

극이 시작하면 해 질 녘 즈음, 어딘가의 입구 계단 턱에 남자가 앉아 무언가를 기다리고 있다. 여자가 입구 문을 여는 것과 거의 동시에 안에서 목소리만 들린다.

여자　　　여기도 없다고요? 네, 그래요. 감사합니다. 혹시라도 입고가 된다면 연락 좀 주실래요. 그럴 리 없겠지만.

여자의 말이 끝남과 동시에 깔깔거리는 여자 목소리로 문이 닫힌다. 입구에 앉아 있던 남자는 여자를 올려다본다.

남자　　　여기도 없대?

여자　　　알면서 뭘 물어.

남자　　　이것도 쉽지가 않네.

여자　　　지금쯤이면 어디든 하나는 걸릴 줄 알았는데.

남자　　　누가 아니래. 나는 솔직히 오늘쯤이면 우리가 이미…….

여자　　　이미 하고도 남을 줄 알았다?

여자는 계단 턱 옆에 남자와 나란히 앉는다.

여자　　　그치. 나도 우리가 이미 하고도 남았을 줄 알았어.

생각해봐. 우리는 그동안 우리를 괴롭히던 가장 큰
난관을 극복했잖아.

남자   응. 우리의 가장 큰 난관. 어떻게 해야 그것을 할 장
소를 찾을 수 있을 것인가.

여자   안전하게, 깨끗하게, 편안하게 섹스할 수 있는 장소
를 어떻게 구하는가.

남자   큰 소리로 말하지 마.

여자   뭐 어때. 어차피 듣는 사람도 없는데.

남자   난 한다면 우리 집일 줄 알았어. 나, 원래 그래서 준
비도 다 해놨었거든. 서랍장에도 다 챙겨놓고, 넣어
놓고.

여자   알지, 알지. 네가 그 침대 서랍에서 콘돔을 꺼내서
스스로 씌우던 모습이 눈에 선하다.

남자   그때 분위기 진짜 괜찮았는데, 그치.

여자   응. 사실 내가 씌워주고 싶었는데, 나도 해본 적이
없어서.

남자   나도 해본 적이 없어서.

여자   너네 엄마 들어오기 전까지만 해도 분위기 진짜 좋
았는데……, 분명히 그날 집에 아무도 없을 거라고
해서 완전 안심하고 있었는데…….

남자   그렇게 갑자기 분위기 다 깨질 줄은 나도 몰랐지. 미

안해.

여자　그때가 마지막인 줄 알았더라면. 뭔가 준비라도 더 해둘 걸 그랬나 봐.

남자　준비? 하지만 어떻게 이보다 더 준비를 해. 우리는 우리가 구할 수 있는 충분한 매체물로 자체 교육을 했고, 교과서에서 가르쳐주는 대로 청결과 안전도 다 대비했고, 그냥 그때의 문제는. 안전하고 편안하게 할 곳이 없었다는 거지.

여자　이거 정말 아이러니 아니니? 그동안 내내 우린 어른들 눈을 피해서 섹스할 장소를 찾을 생각만 했지, 단 한 번도 어떻게 콘돔을 구할지는 고민해본 적이 없었다고. 내 생각엔 비극도 이런 비극이 없어.

남자　굉장히, 모순적이라고나 할까…….

여자　네가 한 갑이나 구비해둔 콘돔은 그때 이미 사라진 지 오래고…….

남자　나도 세 개면 충분할 줄 알았지. 씌워보는 연습에 한 개, 본게임에 한 개, 필요시 한 개 더.

여자　너를 탓하는 게 아니라…… 씌워보는 연습에 두 개가 날아가고 본게임에 들어갔을 때 방해를 받을 줄 누가 또 알았겠어…….

남자　그날 집안 분위기 봤을 때 분명 더 있었어도 뺏기긴

뺏겼을걸.

여자 그건 나도 동감.

남자 그다음에 우리 엄마 아빠가 내 방을 쥐잡듯이 탈탈 터는 바람에 온갖 것들 다 털렸잖아.

여자 그건 나도 마찬가지였다고. 말했잖아. 지금 우리가 예비용 콘돔이 없는 건.

남자 우리 엄마한테 연락받은 너희 엄마가 네 방을 뒤지는 바람에, 비상용으로 숨겨둔 제2 콘돔을 들켜버렸기 때문이지.

여자 정말 아무리 생각해도 두 분들이 잘못했어. 그래, 이제 세상에 없는 분들을 두고 나쁘게 말하는 건 좀 그렇지만, 잎새에 이는 바람에도 흥분하는 십대가 연애하면서 이 정도 준비성이 있다는 건 칭찬할 만한 일 아니야? 내가 우리 엄마였다면 안심했을 텐데.

남자 그 말만 들어도 기절하는 우리 엄마 얼굴이 눈에 선하다.

여자 이쪽도 마찬가지……. 우리가 왜 이런 이야기를 다시 다 하고 있지?

남자 편의점 다섯 곳, 약국 두 곳을 돌았는데도 아직 콘돔을 구하지 못한 지금 이 상황이 어이가 없어서? 어이없음을 되돌아보기 위해?

여자   웃겨, 정말.

여자와 남자 소리 내어 깔깔 웃는다.

남자   어른들이 없어지고 세상이 망하느니 마느니 하는 마
     당에도 다들 참…… 할 준비는 되어 있구나.

여자   초기 약탈 와중에 사람들이 털어 간 걸까, 아니면 이
     후에 다들 섹스할 생각으로 사 간 걸까?

남자   내 생각엔 반반. 다들 장난치느라 박스째 털어 갔을
     것 같아. 풍선이나 만들고 놀았겠지.

여자   남자애들 모이면 그러고 노니?

남자   차라리 그렇게 썼다는 게 더 안심이 되지 않아?

여자   ……나중에는, 다른 커플들도 우리처럼 콘돔이 필요
     했으려나? 그래서 재난 상황에 비상용품 사들이듯
     이 편의점마다 쓸어 다닌 걸까?

남자   재난 상황에, 비상용품이 맞기는 맞지?

여자   다들 이렇게까지 피임에 철저하다니, 인류가 아주
     망하거나 아주 잘되거나 둘 중 하나일 것 같아. 아,
     정말. 다들…….

여자, 일어나서 남자한테 손짓한다. 남자, 몸을 반쯤 일으켜 가까이 붙

는다.

여자	너 지금 노을빛 받으니까 완전 잘생겼다. 그러고 좀 더 있어봐.
남자	키스해도 돼?
여자	(입맞춤 뒤) 우리 집으로 갈까?
남자	……나 지금 못 일어나는데, 조금만 더 있다가.

남자와 여자, 도로 자리에 앉는다. 잠깐 정적이 흐르고 여자가 다시 말한다.

여자	상황이 이렇게까지 된 데는 우리들 책임도 좀 있어.
남자	우리들 책임이, 왜?
여자	내 친구들 중 레즈비언 커플은 이 상황에 죽어라 섹스하고 있어서 연락도 안 된다고. 걔넨 콘돔 구하느라 힘들이진 않을 거 아냐. 걔네들에게 콘돔이 왜 필요해?
남자	아…… 아, 그렇지만.
여자	요컨대 우리 둘 중 한 명만 더 여자였더라도 이런 상황은 피할 수 있지 않았을까.
남자	그럼 넌 네가 남자였으면 콘돔도 없이 우리 첫 경험

을 할 생각이었어? 진짜 낭만 없고 너무한다.

여자   내 말을 왜 그런 식으로 받아들여. 그러니까 꼭 내가 나쁜 사람 같잖아.

남자   너는…… 섹스라는 말도 자연스럽게 잘하고, 다른 말도 잘하고. 근데 우리가 그것 때문에 만나는 것만 은 아니잖아.

여자   당연하지! 아니야, 내 말이 혹시 그렇게 들렸으면 미 안해. 그런 뜻이 아니었어.

남자   그런 뜻이 아니었는데 속이 상했으면 미안하다는 말은, 사과문 쓸 때 하지 말라는 말 대표적 1순위잖 아.

여자   미안……. 그런데 섹스라는 말이 그렇게 듣기 싫었 어?

남자   아니야…….

여자   보지. 버자이너. 질.

남자   제발 그만…….

여자   자지. 페니스. 성기……. 조금 더 교과서적으로 말해 야 할까. 음핵이 무슨 뜻인지는 알지?

남자   우리 둘 다 학교에서 열심히 공부했잖아.

여자   우리가 학교에서 공부를 하긴 했었니?

남자   학교에서 배운 거 벌써 다 잊었어? 콘돔은, 피임만을

위해서가 아니라 위생을 위해서도 쓰는 거라고 했

잖아. 네가 말한 레즈비언 커플, 걔네들도 분명 콘돔

비슷한 거 쓰고 있을걸.

여자 라텍스 장갑 같은 거 쓸까?

남자 ……아 좀. 왜 '증발' 전에 성교육 받을 때, 바나나에

그런 거 다 씌워봤다는 학교들 있었잖아.

여자 우리 학교는 아니었지만 친구들 말로는 그런 데도

있었다고는 하더라고.

남자 그런 학교들 좀 뒤져보면 나올 수도 있지 않을까.

여자 콘돔을 구하러 학교에 간다니 이건 또 새롭게 웃기

네. 있잖아, 우리 편의점 두 곳만 더 가보자. 그러고

도 안 되면.

남자 안 되면 어떡할 거야?

여자 네가 아까 그랬잖아. 콘돔은 피임을 위해서만이 아

니라 위생을 위해서도 쓴다고. 섹스도 마찬가지 아

닌가, 하는 생각이 드는데.

남자 그런 생각 계속 했었어?

여자 안 했다고 말하면 거짓말이겠지. 생각해봐, 우리가

만나면서 과연 콘돔이 필수적인 일만을 했었는지 아

닌지. 그치만 그거 좋았잖아.

남자 그거 뭐라고들 부르니.

여자	(귓속말로 뭐라 속삭인다) 대체로 이런 말들.
남자	유사 성행위라는 생각이 자꾸 드는데.
여자	너야말로 그 말 너무한다. 유사 성행위라니, 너 그 말로 세상의 수많은 사람들을 순결주의자로 만들었어.
남자	그렇지만 어쨌거나 그, 삽입을 해야 진짜 섹스를 할 수 있을 거란 생각이 자꾸 들거든.
여자	나도 아니라곤 못 하겠다.
남자	우리가 잘못된 방식으로 교육을 받아서 삽입에 집착하는 걸까?
여자	너도 왜 자꾸 신문 사설처럼 말해. 그보다는 우리가 해볼 수 있는 수많은 것 중 무언가 하나에 꽂혔다고 생각해보면 어때.
남자	거기에만 꽂힌 건 아닌데. (사이) 너도 해 질 녘에 얼굴 빛 받으면 엄청 예쁘거든.
여자	너 일어날 수 있니?

둘의 짧은 입맞춤 뒤,

여자	우리 편의점 한 곳만 더 가보자. 그러고도 안 되면.
남자	너네 친구들한테 라텍스 장갑이라도 빌리러 가자.

여자   이건 절대 네…… 그것만 필요해서 그런 건 아니야.

                널 좋아하니까 그런 거지.

남자   우리 둘 다 처음이니까 이러는 걸지도 몰라.

여자   그렇지만, 이게 처음이 맞나?

남자   콘돔이 없어도 섹스를 할 수 있다는 깨달음 이후에

                는 처음?

둘이 다시 입 맞춘다. 햇살이 두 사람을 천천히 지나가다가 진다.

막

엄마,
엄마

등장인물	준영
	희수 / 엄마
	혀
	(내레이션)

시간	현재

공간	준영의 꿈속 혹은 꿈의 꿈속

내레이션	부모가 죽어야 자식은 어른이 된다. 혹은, 자식은 부모를 죽여야 어른이 된다.
준영	(방백) 삼일장이 끝나고 일주일 뒤의 일이다. 나는 꿈을 꾼다. 젊다 못해 어린 엄마와 마찬가지로 어린 내가 암스테르담 운하 강변에 서 있다. 그 어린 얼굴을 사진에서 본 기억이 난다. 우리는 심각하게 취해 있어 깔깔거리면서 시답잖은 농담을 주고받고 서로의 말에 필요 이상으로 크게 웃는다.
희수	아무 말이나 해봐.
준영	너는 몇 살이야?
희수	스무 살. 너는 몇 살?
준영	스물.
희수	몇 월생이야?
준영	여기까지 와서 오빠 누나 따지는 거 좀 그렇다. 여기 애들 서로 "마크", "클레어" 하고 이름 부르잖아.
희수	우리도 서로 이름 부를까?
준영	희수.
희수	준영.
준영	(방백) 스무 살의 엄마는 하나로 묶은 머리가 곱슬거리고 눈매가 날카롭게 초롱거린다. 나는 꿈속의 논리대로 그것을 납득한다. 젊디젊은 엄마도 마찬가지

로 아무 질문도 없어, 이를테면 어떻게 여기 왔느냐
는 그런 질문 같은 것들도 없다.

희수   스무 살이면 이제 대학 가겠네. 대학 가?

준영   응. 사실 한 곳 붙었어. 그런데 별로 가고 싶지는 않
은 곳이라 마음이 좀 그래.

희수   어디든 갈 수 있으면 좋은 거지. 전공은 뭐야? 뭐 배
울 거니.

준영   언론학과. 근데 사실은 글을 쓰고 싶었어.

희수   근사하네. 나는 경영학과에 가고 싶었어. 그럼 우리
고등학교 최초로 경영대에 가는 여학생이 될 수 있
었을 텐데.

준영   너는 어떻게 되는, 아니 어떻게 할 거니?

희수   난 올해는 공부하면서 쉬고, 내년에 다시 시험을 볼
거야. 한 해 늦깎이생이지만 뭐 어때. 간다는 게 중
요한 거지.

준영   (방백) 엄마는 형제자매 중 가장 똑똑했지만 이 땅의
수많은 장녀들과 비슷한 순차를 밟았다. 나는 대학
을 향한 엄마의 열망을 아직도 생생하게 기억한다.
그러나 꿈속에서 입은 방정맞게 움직인다. (희수를
보며) 대학은 왜 못 가는데?

희수   아빠가 아파. 병 수발을 하느라 대학은 한 번 쉬어

야 할 것 같아.

준영　　다른 형제자매들은? 엄마는?

희수　　다들 어려. 내가 첫째거든. 그리고 엄마는……. 왜, 다들 그러잖니, 맏딸은 살림 밑천이라고. 내가 우리 집 밑천인 거지.

준영　　(방백) 그리고 실제로 그렇게 된다.

희수　　그래도 기왕 여기 있으니까, 재밌는 걸 실컷 할래. 너라면 암스테르담에서 뭘 하겠어? 추천해줄 만한 거 있어?

준영　　술, 담배, 바, 클럽, 커피숍.

희수　　카페는 아까 다녀왔잖아.

준영　　암스테르담에는 두 종류의 커피 가게가 있지. 하나는 진짜로 커피를 파는 카페, 하나는 커피가 아닌 걸 파는 커피숍.

희수　　그게 뭔데?

준영, 희수의 귓가에 대고 속삭인다.

희수　　그걸 하면, 재미가 있니? 기분이 어떻게 막 좋아져?

준영　　음……. 몸이 나른해지고 행복해지지. 밥이 엄청 맛있어지고 음악은 생생하게 들리고.

희수　　　그런 거 한다고 하면 우리 엄마 쓰러지실 텐데.

준영　　　우리 엄마도. (사이) 하지만 그런 맛에 하는 거 아니
　　　　　겠어. 부모님 모르게.

희수　　　부모님 모르게.

희수, 흘러가는 강물을 보다가 문득 말한다.

희수　　　나 취해보고 싶어.

준영　　　너 그런 것 해도 괜찮아?

희수　　　괜찮아. 왜냐하면 여기는, 아무도 없잖아? 나 재미있
　　　　　는 건 다 해보고 싶어. 할 수 있는 건 전부 다.

준영　　　(종이를 말며) 할 수 있는 건 전부 다. 목이 좀 아플
　　　　　수도 있어. 목과 가슴까지 훅 들어간다고 생각하고
　　　　　연기를 빨아들이는 거야. 내가 마치 이 조그만한 입
　　　　　구를 통해 세상을 마시겠다는 생각으로.

희수　　　그럼 어떻게 돼?

준영　　　기침이 엄청나게 나오지. 목이 아프고. 하지만 괜찮
　　　　　아. 아픈 것도 일부거든.

희수　　　아유, 말하는 것 좀 봐.

갑자기 시점이 청소년 시절로 바뀐다. 배우들은 그 자리에서 계속 연기

해도 무방하다.

엄마	너 담배 피우니?
준영	…….
엄마	공부만 해도 모자랄 시절에, 고등학생이 뭐가 아쉽다고 이런 짓을 해? 우리 딸 그런 애였니?
준영	그렇게 키워서 반작용으로 이렇게 자유분방한 애가 된 거 아닐까요.
엄마	입만 살아가지고. 이건 내가 버린다.
준영	엄마.
엄마	왜?
준영	한 대 같이 피우고 버릴래요?

희수, 담뱃갑을 버린다. 그리고 다시 아무렇지 않게 현재로 돌아온다.
준영은 희수에게 다 만 대마를 건넨다.

희수	조심스럽게, 인생을 들이마시겠다는 생각으로?
준영	생각해보니 그렇게까지 비장할 필요는 없었던 것 같아. 그냥 너 피우고 싶은 대로 피워. 하고 싶은 대로.
희수	(엄청나게 기침한 뒤) 이런 걸 왜 피워?
준영	행복해지려고. 여기는 행복의 땅이잖아. 몇 모금 더

피우고 다시 건네줘.

희수　이걸 하면 뭐가 좋다고?

준영　더 이상 죽고 싶다는 생각이 들지 않지. 세상이 사실
은 행복한 곳이고, 우리가 힘들어서 잠시 그걸 잊고
있다는 걸 상기시켜줘.

희수　막, 눈이 돌아가고 다 때려 부수고 미친 짓 하는 건
아니고?

준영　파리 한 마리도 못 죽일 만큼 온순한 상태가 돼.

사이

희수　기분이…….

준영　어때?

희수　자유로워지는 것 같네.

준영　마음에 들어?

희수　그런 것 같아. 내가 일탈을 하고 있다. 나는 다 벗어
나서 자유로워진다. 그런 느낌.

준영　나는 일탈하고 싶다.

희수　나는 자유로워지고 싶다!

준영　나를 자유롭게 해줘.

희수　나를 자유롭게!

준영   나 엄마 장례식에서, 이 생각 참 많이 했는데.

희수   많이 힘들었니?

준영   아니. 응. 정확히는 엄마랑 같이 대마를 피워봤으면
         좋았겠다고 생각했지.

희수   속에 있는 말이 막 의식의 흐름대로 나올 것 같은데.

준영   우린 술도 한번 같이 안 마셨어. 하지만 취한다면,
         허심탄회한 대화를 할 수 있지 않을까 기대했지. 서
         로 얼마나 증오하는지에 대해 이야기하고.

희수   서로 얼마나 사랑하는지에 대해서도. (사이) 갑자기
         생각난 건데 말야, 글 쓰고 싶댔잖아. 너 글 쓰니?

준영   응. 쓰고 있어.

희수   네가 쓴 글 읽어보고 싶어.

준영, 종이를 꺼내 읽는다.

준영   며칠 전 꿈에서 나는 옛날 애인을 만났다. 꿈속의 나
         는 열여덟 살 때, 그러니까 내가 아직 조그만 여자
         애였을 때 어른이었던 그를 만나 몇 년간 사귀었다.
         시간이 몇 년 더 지나서 나는 훌쩍 키가 컸고 잘생
         긴 청년이 되어서, 예전에 그 사람과 그 사람의 친
         구들을 만나 놀던 가게 앞을 지나가던 중이었다. 옆

에 있던 친구가 그 사람 이야기를 했다. "아직 이곳에 있을 텐데, 들어가볼래?" 나는 싫다고 말하려고 했는데 이미 친구는 문을 연 뒤였다. 가게에는 정말로 그 사람이 있었다. 친구가 가게 주인과 이야기하는 사이 나는 그 사람 옆에 앉았다. "잘생겨졌네, 내가 그때 생각했던 것 그대로다." 그는 어깨를 으쓱하며 말했다. 몇 마디 주고받다가 나는 옛날이 떠올라서, 그 생각에 물었다. "너는 게이잖아, 그때 왜 나랑 만났어?" "그때 너는 네가 소년이라고 이야기했으니까." 나는 그 말에 내가 그를 만나기 싫다고 생각했던 게 부끄러워졌다. 내가 열여덟 여자애일 때도 그는 내 안의 청년을 보았고 나를 늘 소년이라고 불러주었다. "나랑 잘래?" 나는 헤어지기 전에 스쳐 가는 말처럼 물었다. 그는 웃으며 답했다. "싫어. 너는 이제 나보다 키가 크잖아."

희수 이 글 마음에 들어. 진짜 있었던 일이니?

준영 조금은 진짜, 조금은 픽션. 이건 엄마 안 보여주고 혼자서 썼지.

희수 내가 어린 소녀였을 때의 주인공이 청년이 되는 건 무슨 의미야?

준영 성전환. 트랜스젠더.

희수 마법적이네. 마술적인가? 나 살면서 성전환자는 처음 만나봐.

준영 엄마는 두 번 충격을 받았지. 우리 딸이 남자애가 되겠다고 하다니 하고 한 번. 그리고 얘가 남자를 만난다니 하고 안도했다가 그 남자를 형이라고 부른다는 걸 알고 까무라치게 두 번 놀랐지.

희수 청소년 자식이 성인을 만나고 있으면 그건 좀 놀랄 일인 것 같은데.

준영 지금 생각해보면 그렇긴 한데……. 역시 중점은 그게 아니었던 것 같다.

희수 그래도 방금 글 괜찮았어. 추억 같고 꿈같잖아. 아, 꿈이라고 말했지.

준영 그런데 이젠 글을 못 쓰겠어. 엄마가 죽고 난 다음부터, 아니 아픈 다음부터 그래.

희수 엄마가 네 글의 지지대, 뭐 그런 거야?

준영 더 이상 앞에서 나를 감시할 사람이 없어서? 더 이상 증오할 수 있는 대상이 없어져서? 아홉 살 애를 책상에 앉혀놓고 『데미안』을 읽게 만들었던 사람이 더 이상 제정신이 아니라? 내가 하고 쓰는 모든 것들을 다 검사하며 얼마나 부족한지 말하는 존재가 부재해서?

희수	어우, 엄마에 대한 악감정이 아주 크구나. 나였다면 고맙다고 생각했을 텐데. 이것저것 다 하게 해주는 엄마 같은 거, 갖고 싶었어.
준영	우리 엄마 서로 바꾸자.
희수	그럴까? 근데 그러면……. 나 엄마 사랑해. 미워하고. 사실은 그래도 바꾸고 싶지 않아.
준영	취한 것 같아, 나.
희수	나도. 꿈꾸는 기분이다. 정말…… 나른하네.
준영	소설도 꿈속이고 나도 꿈속이고 우리 모두 꿈. (사이) 너 몇 살이니?
희수	스물셋.
준영	난 스물셋에 집을 나왔는데.
희수	올해도 나는 대학 시험을 못 쳤어. 아빠는 나아졌지만 동생들이 대학에 가야 해서 집안 살림이 기울었거든. 그래도 괜찮아. 나는 취업을 했으니까 일해서 돈 벌어 대학에 갈 거야.
준영	네가 대학에 대한 집착을 버렸다면 좋았을 텐데.
희수	응?
준영	『데미안』에 대해 어떻게 생각하냐고 물었어.
희수	싱클레어랑 데미안은 분명 서로 사랑하는 사이였을 거야. 헤르만 헤세는, 그게 작가 맞지? 분명 동성애

자였을 거고.

준영   난 아직도 『데미안』이 싫어. 스물셋에 다시 읽어도 싫어.

희수   쓰다 만 글들이 있어? 『데미안』에 영향을 받았든 아니든. 들어보고 싶은데.

준영은 종이를 꺼내지도 않고 거의 외운 것처럼 읊는다.

준영   누가 나를 개처럼 패서 때려 죽였으면 좋겠다. 그러고 나면 사람들은 그래선 안 되었다는 걸 깨달을 것이다. 나에게도, 개에게도. 나는 이와 이 사이 혀를 가두어 꽉 씹는다. 혀가 두툼하게 잘려 나가면 나는 화분에 조각을 심을 생각이다. 물을 주면 혀는 자라날 것이다.

희수   흐음.

준영   어때?

희수   너 입으로 죄를 많이 지었니? 말로 지은 죄가 많은 사람이 할 법한 생각이네.

준영   잘 모르겠어.

희수   혀가 자라나면 그것도 말을 하니?

준영   뭔가, 내가 잘못했던 것들에 관해 말하지 않을까.

희수   누구한테?

준영   광범위한 사람들한테? 친구들한테? 엄마한테? 엄마
      가 나한테?

희수   스물몇 살 넘은 남자애가 엄마 탓 하고 있는 거 촌
      스러워.

준영   스물몇 살 넘은 여자애가 엄마 탓도 못 해서 쩔쩔매
      는 거 우스워.

희수   아무리 엄마 탓을 해봐야 한계는 너한테 있네요. 요
      사이 쓰던 글들이 다 그런 식이야? 가해를 빙자한
      자해, 신체 절단…… 그런 것들.

준영   대체로 그런 식. 다른 말을 써보고 싶은데 생각이 나
      지 않아.

희수   그런 게 언제부터 시작된 거야? 그, 글이 써지지 않
      는다는 증세 말이야.

준영   엄마가 죽은 다음부터. 아니 아픈 다음부터.

희수   엄마가 돌아가신 지 오래되었니?

준영   엄청 오래됐어. 죽은 지 쉰다섯 해는 됐어. 아니, 오
      늘이었나. 어제였을지도 몰라.

희수   그거 실비아 플라스랑 카뮈를 섞은 말이지 않니.

준영   맞아. 내가 그런 식으로 연명하고 살았어.

희수   "아빠, 나는 아빠를 죽여야만 했어요. 하지만 그럴

기회가 오기도 전에 당신은 죽어버렸죠." 실비아 플라스를 좋아해?

준영 "이제 더는 못 할 거예요. 더는요. 그 검은 구두, 내 발처럼 검은 구두를 신고 다녔어요. 30년 동안이나 기침 소리도 내지 못하면서요."

희수 실비아 플라스가 그런 시만 쓴 건 아닌데.

준영 (방백) 30년도 되지 않았다. 나는 지금 스물여섯이고, 엄마는 쉰다섯 살에 죽었다.

희수 엄마가 아플 때부터 글이 안 써졌다는 건 어떤 의미야? 병구완이라도 했던 거니? 나도 우리 아빠 아팠을 때 병 수발드느라 어디 나가지도 못했어. 친구들이랑도 멀어졌다니까?

준영 병구완을 잘 하지는 않았어. 사실 병실에도 굉장히 드문드문 갔고. 병원에 가고 싶지도 않았어. 가는 게 너무 힘들었거든.

희수 그럴 수 있어. 나도 아빠 아프실 때 너무 힘들어서, 한번은 퇴근하고도 집에 못 들어가고 그 밤에 집 담벼락을 세 바퀴씩 돌았다니까. 아픈 사람을 보는 건 심리적으로 너무 힘든 일이야.

준영 응. 그것도 있고 내가.

희수 공부하느라 엄마 못 보러 가서 죄책감이 드는 거야?

엄마는 아마도 이해할 거야. 열심히 공부해서 들어
간 대학이니까. 우리 엄마도 나한테 손 꼭 붙잡고
말했어. 대학 못 보내서 미안하다. 다음에는 꼭 가게
해주마.

준영   다음?

희수   동생 다음에.

준영   (방백) 그리고 또 동생 다음에, 다음에, 다음에. 그리
고 나중에. 나중은 영영 오지 않는다. (희수에게) 진
심이었을까, 너희 엄마.

희수, 갑자기 자리에서 일어난다.

희수   우리 엄마 나한테 거짓말하고 병구완시켰다!

준영   우리 엄마 나 책상 앞에 앉혀놓고 일기 쓰는 거 지
켜봤다!

희수   우리 엄마는 날 사랑한다고 말하고 서울살이에 돈
한 푼 주지 않았다! 나는 하고 싶은 일이 참 많았는
데 하나도 도와주지 않았다!

준영   내가 쓰는 모든 글을 한 줄씩 읽어보면서 아니 이건
아니지, 하고 고쳐주었다! 나중에는 내가 뭘 쓸지 이
야기하면 직접 한 마디씩 불러줬다!

희수	우리 엄마는 내가 있어서 다행이라고 말했다! 왜냐면 온 가족이 나를 희생시켜서 각자 삶을 살 수 있었기 때문이다!
준영	나는 그런 엄마한테 내 인생에서 나가버리라고 말했다!
희수	나는 엄마한테 그런 말도 하지 못했다!
준영	누군가한테 후회할 말을 한 적 있어?
희수	글쎄⋯⋯. 스물셋인데⋯⋯ 입으로 업을 쌓으면 얼마나 쌓았겠어.
준영	사실은 아픈 엄마한테 하면 안 되는 말을 했어.
희수	엄마가 많이 속상해하셨니.
준영	몰라. 그때는 이미 정신이 오락가락할 때라서. 너는⋯⋯ 엄마가 일찍 돌아가셨지?
희수	오래 살았다고 생각해. 그렇게 아이를 많이 낳은 것치고는. 그래도 더 살았으면 좋았을 텐데. 뭐라고 쏘아붙이기라도 할 수 있게 말이야. 나는 하고 싶은 말이 많았거든.
준영	(방백) 그러나 엄마는 아무 글도 쓰지 않았다. 하고 싶은 말이 많았다는 사람치고는 말이 없었다.
희수	나는 애는 딱 하나만 낳을 거야. 예쁜 딸이 좋겠어.
준영	예쁜 딸이라고 꽤 쉽게 확신하네.

희수   나 닮았으면 예쁘겠지. 안 그래?

준영   (방백) 희수는 실제로 예쁜 아이를 낳는다. 다만 딸
       이 아니었을 뿐이다. 적어도 열 살 때까지는 그 애는
       딸이었고, 사람들은 누구나 처음 만났을 때 인상으
       로 서로를 기억하기 때문에…… 나는 영원히 그의
       예쁜 딸이었고 다른 것은 끝내 될 수 없었다.

희수   그치만 안 예뻐도 내가 예쁘게 꾸며줄 테니까 상관
       없어.

준영   그 애가 그걸 좋아할 거라고는 어떻게 확신해?

희수   예쁘게 단장하는 거 싫어하는 여자애가 세상에 어디
       있어.

준영   여기 있지. 아니야. 잊어버려. (사이) 세상이 나른해졌
       으면 좋겠다.

희수   네가 소녀였을 때, 엄마랑 그런 이야기 많이 했었어?
       네가 소년이 되고 싶어 한다는 말.

준영   했었지. 엄청났어.

희수   그래서 네 인생에서 나가버리라고 말한 거야?

준영   응. 아니 사실은 아니. 더 자세하게 이야기했어야 하
       는데 못 했던 것 같아. 내가 남자가 되는 건 엄마랑
       은 하등 상관없는 일이라고, 사춘기 반항 같은 게
       아니라고. 내가 얼마나 엄마를 증오하고 사랑하는

지 같은 말들. 못 했네.

희수 여기 암스테르담이잖아. 자유의 도시. 여기선 뭐든 가능할지 몰라.

준영 그래, 어쩌면 정말로 뭐든.

희수 나는 평생 한국에서 살아서 외국에 나가는 건 못 할 줄 알았는데 이렇게 왔네.

준영 (방백) 그리고 실제로 엄마는 어느 낯선 땅도 가지 않고 죽었다. 어딘가에 가보고 싶다고 말한 건 엄마 였고 미친 듯이 어딘가를 돌아다닌 것은 나였다.

희수 밖에서 술에 취해 돌아다니거나 외국에 나가거나, 젊은 남자랑 막 이야기하면 세상이 무너지는 줄 알 았는데 별로 그렇지도 않네? 그러니까 너도 아무 말 이나 해봐.

준영, 연기를 내뿜으며 입을 벌린다. 무언가 조각이 나온다. 반으로 곱 게 잘린 준영의 혓조각이다. 준영은 예쁜 화분에 조심스레 배양토를 채 우고 그 조각을 심는다. 물을 뿌리자 조각은 혀가 되어 다시 자라난다. 혀는 희수와 같은 배우가 연기할 수 있다.

혀 무슨 말을 하고 싶어서 나를 여기 불렀어? 혀가 없 어서 말을 못 한다는 변명은 하지 마.

준영   엄마가 죽기 열일곱 시간 전에, 내가 엄마한테 말했어. 엄마가 죽어야 내가 글을 쓸 수 있어. 엄마는 죽어야 해.

혀   그때 엄마는 제정신이었어?

준영   몰라. 의사들이 진통제를 하도 많이 투여해서 아마 제정신이 아니었을 거야. 눈이 맛이 갔었거든.

혀   제정신이 아니었다고 네가 믿고 싶은 건 아니고?

준영   그랬으면 불렀겠지. 우리 딸, 우리 아들, 우리 준영이. 뭐가 됐든. 그런데 아무 말 없었고 눈도 안 떴어. 그래서 나는 말했지.

혀   엄마가 있어서 내가 글을 못 써. 날 위해 죽어줘.

준영   그런데 실제로는 반대였지. 사실 나는 내내 엄마 대신에 글을 쓰고 있었던 건지도 몰라. 엄마가 있어서 할 말이 많았던 걸지도 모른다고.

혀   모든 자식들은 부모가 죽어야 어른이 되지.

준영   어른이 되기 위해 엄마를 죽이고 싶었나. 하지만 나는 내 혀를 죽이고 싶어. 그 생각과, 그걸 입 밖으로 꺼내놓은 나를 반으로 잘라놓고 싶어.

혀   하지만 사람들이 다시 그를 관에서 빼내서, 풀로 다시 붙여놓았지.

준영   나는 그래서 내가 한 말의 무게와 함께 평생 살아야 하겠지? 잊히길, 잊어버리길 바라면서.

혀   엄마 심장에 말뚝을 또 박아야 쓰겠니?

준영   나는 '아빠'의 실비아 플라스가 아냐. 나는 따라 죽
        지도 않을 거고, 그림자에 시달리고 싶지도 않아.

혀   엄마, 엄마, 이 개 같은 자식. 이젠 다 끝났어.

준영은 혀를 가만히 쓰다듬다가 입을 벌린다. 준영의 입에 온전한 혀
가 붙어 있다. 이제는 말이 없는 혀가 든 화분을 치우고 준영은 다시
희수를 바라본다.

희수   돌아왔어?

준영   응. 이상한 걸 많이 보고 왔어.

희수   네가 없는 사이 이상한 꿈을 꿨어. 꿈에서 아이를 낳
        았는데 그게 너무 무섭고 이상했어. 내가 아무것도
        만들어내지 못했다고 생각했는데 처음으로 내가 뭔
        가를 창조해서 세상으로 밀어냈어.

준영   어땠어?

희수   예전에는 자식이 생기면 뭘 해줄지를 많이 생각했는
        데, 이제는 그 애가 하고 싶은 일을 다 하고 살았으
        면 좋겠어.

준영   어떤 일이든, 아무 말이든 다?

희수	뭐든. 혀 자르고 싶다는 이야기를 해도 돼. 혀를 잘라서 화분에 심으면 식물처럼 자라나겠지. 그러다 뭔가 이야기를 해줄지도 모르고. 그래도 그건 그 애 이야기가 되지 않을까 생각해.
준영	좋은 이야기니?
희수	나쁜 이야기는 아닐 거야.
준영	(사이) 아기를 낳는 생각을 자주 해?
희수	요즈음은. 나 내년에 결혼해. 날짜도 잡았어. 노처녀 되기 딱 직전이었지, 아마.
준영	나는 스물여섯 살이야.
희수	이젠 물어보지 않아도 내가 몇 살인지 알겠지?
준영	(방백) 스물여섯의 희수. 스물일곱에 결혼해서 다음 해 첫 아이를 낳을 것이다. 아이에게 꿈과 희망을 가득 담아 이름을 붙여주고 기를 것이다. 그의 꿈을 잔뜩 아이에게 투사할 것이다. 그런 게 삶일지 모른다.
희수	자식을 낳으면 딸이 좋겠다고 생각했는데.
준영	응?
희수	머리도 예쁘게 땋아주고, 모녀지간에 같이 옷도 사러 다니고, 피아노도 실컷 치게 해주고, 원피스 입혀서 공원에 같이 산책도 다니는 뭐 그런 거.

준영	꿈이 참 많네.
희수	그런데 생각해보면 너 같은 아들이 있는 것도 괜찮을 것 같아.
준영	…….
희수	우리 한 대 더 피우자.

준영은 담배 혹은 무엇인가를 희수에게 건네주고, 불을 붙여준다.

막

가을
손님

등장인물   사람

유령

공간   어느 가정집

사람이 제사상을 차리고 있다. 어느 정도 구색을 갖춘 제사상, 까만 향초와 담배, 과일과 먹을거리가 차려져 있다. 창문은 활짝 열렸다. 사람이 향을 피우면 유령이 느릿느릿 걸어 들어온다.

사람   안녕하세요? 제가 찾던 분이 아닌데, 어쩌다 오셨나요?

유령   향냄새가 좋아서 타고 올라왔어요.

사람   어쩌다 이렇게 먼 길을 찾아오셨을까요. 제 집은 옥탑방인데.

유령   심심해서 돌아다니고 있었어요. 다른 제사상들은 어떤 느낌인가 싶어서. 저 말고 다른 분을 찾으셨나 봐요.

사람   네. 다른 사람을 찾고 있었어요. 최근에 죽은 친구예요.

유령   저는 2014년에 죽었어요. 무서우니까 어떻게 죽었는지는 말하지 않을게요.

사람   왜 죽었는지요? 그건 더 무서운 이야기라 안 되나요?

유령   그건 좀 더 친해진 다음에 이야기하기로 해요.

사람   제가 찾던 친구는 친한 친구였어요. 몇 년은 알았어요. 인생의 3분의 1을 바쳐서 친구였는데 몇 달 전에 세상을 떠났죠.

유령　친구분의 죽음에 조의를 표해요. 안된 일이네요.

사람　고마워요. 몇 달은 지났는데 아직도 요즘 일 같아요. 그래서 한번 불러보려 했죠. 추석이니까, 잘 부르면 오지 않을까 싶어서.

유령　제가 빨리 떠나야 찾던 분이 오시니까 이제 가야 할까요?

사람　글쎄요. 제사상 한 번에 한 분밖에 부를 수 없는 건가요?

유령　그런 규칙이 있는 것 같지는 않은데…….

사람　그럼 조금 있다 가세요. 추석에 이렇게 오신 걸 보니 그쪽도 별다른 할 일이 없었나 본데, 좀 앉아 있다 가세요.

둘 사이에 정적이 흐른다. 향 타는 냄새만 퍼진다.

유령　그쪽도 추석을 혼자 보내고 있었나요?

사람　네. 가족도 친구도 멀리 있어요. 연휴는 오직 혼자 보내는 날이랍니다.

유령　저런. 안됐네요.

사람　저는 우울증을 앓고 있답니다. 의사가 만약 지금 절봤다면 환각도 우울증의 징후이니 더 이상 대화하지 말라고 했을 거예요.

유령 저는 환각일까요? 아니면 추석날을 맞아 정말 지상으로 내려온 유령일까요?

사람 글쎄요. 그런 게 더 이상 중요하지 않다는 생각이 들어요. 확실한 건 제가 추석을 혼자 보내고 있다는 사실이고, 지독하게 외롭고 슬프다는 사실이죠.

유령 인생은 혼자 사는 것이니 지독하게 외로울 테고, 슬픈 건 왜 슬펐나요?

사람 코로나 있잖아요. 자가 격리를 해야 하니까 사람들을 못 만나서 슬프죠.

유령 사람들은 오래 혼자 있으면 이상한 생각들을 하곤 하죠. 뭔가 바깥 이야기라도 들려주시겠어요?

사람 카페에 앉아 있던 어느 날이었어요. 왜, 갑자기 있다가 뒷사람 이야기가 귀에 콕 박힐 때가 있지요? 그 사람 이야기는 그런 것처럼 콕 들려오더라고요. 삼십대 정도의 젊은 여자들이었어요. "엄마가 시집에 가져가는 모든 물건은 최고급으로 하라고 했단 말이야. 그래서 내가 제사상에 양키캔들을 올렸어."

유령 맙소사.

사람 "그랬더니 우리 시엄마가 난리가 난 거야. 아니 어떻게 제사상에 양키캔들을 올리느냐고. 나는 너무 억울했지. 난 내가 아는 최고급을 제사상에 올린 건데."

유령 그 사람 말이 맞네요. 자기는 최선을 다해서 알고 있는 가장 좋은 걸 대접한 건데. 퍽 억울하겠어요.

사람 저도 그렇게 생각해요. 아니 제사상에 희고 긴 초를 올리든, 양키캔들을 올리든, 중요한 건 마음 아닐까요. 그래서 슬펐어요. 누군가는 진심을 다해서 애도를 위해 가장 좋은 걸 준비했는데 누군가는 그걸 보고 화낸다는 사실이.

유령 웃기고 슬픈 이야기군요. 누가 내 제사상을 차린다면, 글쎄, 나는 차려준다는 사실만으로도 기뻐했을 것 같은데.

사람 나도요. 그래서 이 제사상에도 양키캔들을 올렸답니다.

유령 무슨 향인가요?

사람 미드서머 나이츠 드림이요. 번역하자면 한여름 밤의 꿈이죠.

유령 멋진 이름이네요. 심지어 까만색 향초이고요. 내 제사상은 아니지만, 평가하라면 백 점 만점에 백 점이라고 할 거예요.

사람　고마워요. 향초를 좋아해요?

유령　향 나는 건 다 좋아해요. 초, 향수, 아로마, 인센스…… 꽃다발, 커피, 농익은 과일, 과일 차, 홍차, 녹차, 오래된 책, 입욕제를 풀어 넣은 따뜻한 목욕물.

사람　담배는 어때요?

유령　담배, 싫어하지 않아요.

사람은 유령에게 담배를 건네주고 불을 붙여준다.

둘은 잠시 말없이 담배를 피운다.

사람　친구는 담배를 좋아했어요. (사이) 저도 흡연자라서, 담배 냄새가 신경 쓰일까 걱정했답니다. 혼자 사는데 나쁜 냄새까지 나면 좀 그렇잖아요.

유령　외로운 사람들한테도 냄새가 난답니다.

사람　나쁜 냄새?

유령　슬픈 냄새가 나요. 향초를 피우면 같이 바람을 타고 여기저기를 떠돌아요.

사람　당신한테서는 슬픈 냄새가 나는 것 같지 않은데요.

유령　그야 저는 유령이니까요. (사이) 오래 앉아 있었는데, 제가 일어나야 친구분이 오시지 않을까요?

사람　제 친구는 아마 안 올 거예요. 제가 연락을 안 받았으니까.

유령   무슨 일이 있었나요, 둘 사이에?

사람   문제가 있었던 건 아니에요. 아닌가?

짧은 사이, 사람은 향을 새로 피워 올린다.

사람   친구는 우울해서 자주 연락이 안 됐어요. 가끔은 우울해서 자주 연락이 됐답니다. 우리는 서로 우울증을 앓고 있는 걸 알았고, 그래서 드문드문 서로에게 연락하곤 했어요. 전화를 스피커폰으로 켜놓고 서로 할 일을 하는 거예요. 창문을 열어서 환기를 시키고, 설거지를 하고, 뭐 그런 것들.

유령   무슨 이야기들을 나누었나요?

사람   서로 할 일을 열심히 해야 살아갈 수 있다, 뭐 그런 이야기들을 했던 것 같아요. 친구는 일주일째 대학 수업에 나가지 않았다는 말을 했고, 그럼 저는 나도 일주일째 아르바이트에 나가지 않아서 잘렸다고 답했죠.

유령   그럼 친구는 뭐라고 말했어요?

사람   그래도 지난주에는 꾸준하게 일을 나갔던 것 같으니 잘했다고 말했죠. 그럼 나도 친구한테, 너도 지난

주에는 수업에 나갔던 것 같으니 잘했다고 답했어요. 그리고 힘을 조금만 더 내서 다음 주에는 나도 너도 바깥에 나가보자고 이야기했죠.

유령 바깥에 자주 나가서 햇볕을 쬐는 건 우울증 치료에 좋다더군요. 비타민D가 합성된다고. 바깥에 나가서 사람도 만나고, 대화도 하고, 일도 하고.

사람 내 의사가 했던 말과 똑같네요. 당신도 정신과를 열심히 다녔나 봐요.

유령 그랬다고 볼 수 있죠. 그보단 친구 이야기를 더 듣고 싶어요.

사람 우리 둘 다 햇볕 쬐는 걸 좋아했어요. 전화를 켜놓고 대화하며 햇볕을 쬔다고 나가서 담배를 피우곤 했죠. 스피커폰 너머로 소리가 들려요. 문을 여닫는 소리나 담배를 피우기 위해 밖으로 나가는 소리 같은 것. 그러면 서로 뭘 하고 있는지 알았죠.

유령 통화에서는 무슨 이야기를 나누었나요?

사람 별 이야기는 아니었는데. 일상 얘기, 사람들 얘기. 내가 농담처럼 죽고 싶다고 말하면 친구는 아직 사막의 별을 못 봤으니까 죽으면 안 된다고 말했어요. 모로코의 카사블랑카도, 인도도, 노르웨이의 오로라도 못 봤으니까.

유령	나도 모로코도 인도도 노르웨이도 못 가봤어요. 가봤더라면 좋았을 텐데. 이제는 모두 옛날 꿈이 되었군요.
사람	비관적이긴. 코로나 사태가 끝나면 다시 갈 수 있겠죠. 친구가 없을 뿐이지.
유령	당신도 가고 싶은 곳이 많았어요?
사람	사하라사막과 오스트레일리아의 대자연을 보고 싶었어요. 여행을 갈 때마다 살아 있는 느낌이 들었거든요. 별을 보면 좀 더 오래 살고 싶어졌어요. 그러다가 어느 날은 별을 봐도 힘이 나지 않아서 하루 종일 침대에 누워 있었어요.
유령	저도 우울할 때는 종종 그러곤 했죠. 우울할 때는 침대만 한 벗이 없으니까요.
사람	친구는 그때 전화를 걸어왔어요. 안 받았죠. 별다른 이유가 있던 건 아니었어요. 아니, 나의 우울이 그날따라 무거워서 아무것도 할 수 없어서. 사실은 사람들로부터 숨어 있고 싶어서.
유령	그렇게 친구 전화를 안 받은 건가요?
사람	다시 걸려올 줄 알았어요. 두 번째, 혹은 다른 날 걸어오면 꼭 받아야지 생각했죠. 그렇게 일주일이 지났어요. 그렇게, 친구한테 전화를 못 하게 되었죠.

유령   괜찮아요?

사람   나는 괜찮아질 거예요. 그래서 오늘 친구가 왔으면 했는데, 무슨 이야기를 하고 싶었는지 물어보려고.

유령   어쩌면 별거 아닌 사소한 일이었을지도 몰라요. 심각한 이야기였을지도 모르고. 하지만 어느 쪽이든 친구분과 다시 대화하기는 힘들지도 모르는데.

사람   왜요?

유령   그거야, 친구분이 어디 계신지 모르니까요.

사람   당신 유령이잖아요. 그런 건 서로 다 알고 있는 줄 알았는데.

유령   사실, 나는 다른 사람들이 어떻게 애도하는지 궁금해서 남들의 제사상을 떠돌고 있는 유령이에요. 오늘도 다른 사람들이 궁금해서 슬쩍 찾아왔어요.

사람   양키캔들의 냄새가 좋아서 온 게 아니라요?

유령   한여름 밤의 꿈, 냄새가 좋아서 왔을지도 몰라요. 어쩌면 사십구재가 지나고도 지상에 남아 있고 싶어서, 아직 무언가를 더 보고 싶어서, 설거지를 미처 다 못 해서, 대학교 졸업을 못 해서.

사람   아직 그리워하는 사람이 있어서, 보고 싶어 하는 사람들이 많아서, 애도하는 방법을 모르는 사람들이 있어서, 누군가가 당신을 부르고 있어서. 그런 건 아널까요?

유령   내 친구들도 아직 나를 보고 싶어 할까요?

사람   나는 사람이 죽으면, 사십구재 이후에는 지상을 정
말로 떠난다고 생각했어요. 그다음에는 어디든 좋아
하는 곳으로 가겠거니 생각했죠.

유령   천국, 극락, 저세상, 강 건너?

사람   네. 그렇게 건너로 가고 나면 다 끝이 난다고 생각
했죠. 그런데 끝이 아니네요. 끝을 낼 수 있을 줄 알
았는데 끝이 나지 않아요.

유령   어떤 사람들은 평생에 걸쳐 애도한다고도 하죠.

사람   맞아요. 나는 어쩌면 평생 애도해야 할지도 몰라요.
이미 그러고 있는 중인지도 모르고요.

유령   애도하기 위해 사는 삶도 언젠가는 건너로 함께 떠
나지 않을까요? 혹은, 애도와 함께 살아가는 데 익
숙해진다든가.

사람   그럴 수 있으면 좋겠어요. 어찌 되었든 위로는 고마
워요. 나는 친구를 조금 더 기다려볼게요. 혹시 모르
니까.

유령   만약 친구가 오지 않아도.

사람   않아도?

유령   너무 낙담하지는 마세요. 어쩌면 친구분은 진짜로

건너로 이미 떠났을 수도 있어요. 아니면, 부르는 친구들이 너무 많아서 한 바퀴 돌고 있는 중일지도 모르고. 어느 쪽이든 떠난 사람은, 원래는 말이 없는 법이니까.

사람 그래요. (사이) 가는 길을 배웅하지 않아도 괜찮을까요?

유령 괜찮아요. 어쨌거나 죽은 사람은 어디든지 갈 수 있는 법이니까요.

유령, 일어나서 나가고 사람은 자리에 앉은 채 손을 흔든다.
잠시 후 사람은 일어나서 향에 다시 불을 붙이고 앉는다.

막

리뷰

지상의 언어를
다르게 만드는
마법 [1]

벽과 문

벽과 문. 그것들은 확연히 구분되면서도 묘하게 닮았다. 국경을 넘을 때 "기재된 성별과 당신의 심신은 일치하나요?"(15쪽)라고 묻는 공항 직원, 천국으로 들어가는 문턱에서 "서류에는 네가 여성이라고 되어 있는데"(45쪽)라며 곤란한 표정을 짓는 문지기, 그런 상황에 진절머리가 난 인물들이 마침내 찾아간 정신 병동에서마저 "여성 병동과 남성 병동 중 어느 곳"(50쪽)

---

1   이 글의 인용은 별도의 출처 표기가 없는 한, 모두 이은용의 『우리는 농담이(아니)야』에서 따온 것이다. 이하 인용 시 본문의 팔호 안에 쪽수만 표기한다.

에도 들어갈 수 없다는 의사의 말을 듣는 순간, '성별'이란 이쪽과 저쪽을 확실하게 가르는 두텁고 완고한 벽이다.

그런데 벽이란 본래 탁 트여 있는 공간을 나누는 임의적이고 사후적인 장치 아닌가. 그렇기에 이은용의 인물들은 벽에는 반드시 문이 있다는 사실, 아니 벽은 곧 문이기도 하다는 진실을 발견해낸다. 천국의 문지기가 "아 유 메일, 오어 피메일?"(45쪽)이라고 묻는 것은 "천국의 언어가 지상의 언어와 똑같"(46쪽)기 때문인데, 그렇다면 지상에서 우리가 다른 언어, 즉 "벽이 없는 언어"(47쪽)를 쓴다면 천국의 언어도 달라질지어다. 지상의 언어를 다르게 만드는 일. 이은용의 글쓰기는 앞뒤 꽉 막힌 '벽'을 드나듦이 가능한 '문'으로 만들고, 그 문을 통과하기 위해 부리는 가장 즐거운 "마법"(28쪽)이다.

그리하여 이은용의 희곡은 온통 문 두드리는 소리로 가득하다. 작품 전반에 걸쳐 경쾌한 정서를 자아내는 '농담'은 마치 청각화된 모스 부호 같다. 어떤 이에게는 그저 평범한 말장난처럼 들릴 수도 있지만, 문을 통과하고자 하는 이들에게 그것은 '여기 계속 문을 두드리는 사람이 있다'는 것을 알리는 절박한 신호다. 트랜지션 수술을 받기 위해서는 먼저 성전환증 진단 서류, 즉 트랜스젠더를 '치료'가 필요한 병리적 존재로 진단하는 의학계의 소견을 받아들여야만 한다는 사실, 그 서류를 얻어야만 "진정한 트랜스젠더"(26쪽)로 인정된다는 사실에 웃을 수 있는 이는 누구인가. 트랜지션 수술이 '치료'의 과정으로 간주되면서도 '성형수술'로 분류돼서 의료보험의 대상이 되지 않고 "10퍼센트 부가세"(26쪽)가 붙는다는 사실에는 웃어야 할까, 화를 내야 할까. 우울증 환자가 죽지 않기 위해 먹는 약의 부작용이 "자살 충동"(53쪽)이라는 점은 세상의 수많은 아이러니들 중 하나일 뿐일까. 작가는 누군가의 존재를 한낱 농담처럼 하찮고 사소하게 취급할 때에만 성립하는 저 엄연한 현실들을 그야말로 무람없는 농담으로 만들어버림으로써 그 부조리한 현실에 압도되지 않으려 한다. 그가 고안한 농담 아닌 농담들은 "아시안 트랜스젠더 아티스트"(29쪽), "청소년"(125쪽), "우울증 환자"(59쪽), "정신질환자"(60쪽)의 소수자성minority을 무시와 착취의 대상으로 분류하는 지배언어의 벽은 물론, 이들을 그저 수동적인 피해자로 간주해 값싼 보호와 시혜의 대상으로 삼는 기만적인 도덕의 벽까지 훌쩍 뛰어넘는다.

'연극'은 작가의 존재론적 전략인 '농담'을 미적 방법론으로 삼아 시도되는 또 하나의 마법이다. 무대 위에서 이은용의 인물들은 현실의 장벽을 가뿐히 뛰어넘거나 혹은 그렇게 하는 상상을 한다. 고전문학사에서 기묘한 위상을 점하는 『방한림전』(작자 미상, 창작연대 미상)을 "한국문학 최초의 동성 결혼이 등장"(103쪽)하는 작품이자 레즈비언 커플 혹은 트랜스젠더의 서사로 재해석해 다시 쓰기도 하고, '방한림'에게서 자신이 되고 싶은 모습을 발견해 남자 옷을 입고 머리를 짧게 자르기도 한다. 이를 단지 '모방'이라고 하든, '새로운 정체성의 발명'이라고 하든 상관없다. "어차피 무대 올라가면 비슷하게 될 테니까"(107쪽).

그렇게 무대 위에서 이은용의 인물들은 끊임없이 "월경越境"(39쪽) 하고 "변신"(68쪽)한다. 이들은 "서류 한 장으로"(45쪽) 누군가의 성별을 둘 중 하나로 확정할 수 있다고 믿는 세상을 한갓 농담거리로 만든 뒤, 문지기를 설득해 그 "서류"를 가져가 자신의 손에 쥔다. 그러고는 계속 문을 두드린다. 반도임에도 "위에는 북한이 버티고 있"(42쪽)어 국경을 넘는 일을 꽤 복잡하게 여기는 한국과 달리, 외국의 어떤 곳에서 국경은 그저 밴이나 버스, 심지어 걸어서도 지날 수 있는 범상한 길이지 않은가. 무대 위에서 이은용의 인물들은 모든 경계境界들에 대한 경계警戒를 농담으로 만드는 방식으로 계속 "문을 두드렸고 문은 열렸다"(64쪽). "피도 흘리지 않았고 눈물도 없었고 하나도 안 아"픈, "마법 같은 변신"(68쪽).

변신과 자긍심

트랜스젠더의 자기서사에서 '변신'은 흔히 발견되는 주요 모티프다. 특히 트랜지션 수술을 기준으로 구성되는 '비포 앤 애프터' 서사들은 트랜지션 이후의 삶을 드라마틱하게 펼쳐지는 제2의 삶으로 묘사하곤 한다. "나는 지난 20년간 트랜스젠더가 되었다는 이유로 불이익을 당한 적은 없었고 오히려 성전환의 결과로 모든 고통이 순식간에 사라졌다. (…) 얼마나 마음이 편안하고 또 행복했는지 설명하기 어렵다."[2] 같은 서술은 트랜지션 수술이 자아통일감과 자기효능감을 상승시키는 데 무척 효과적이라는 점을 강조하지만, 그 이전의 삶을 의도적으로 혹은 불가피하게 삭제하거나 후경화하는 경향이 있다.

물론, 모든 트랜스젠더가 이런 방식의 자기재현을 선호하는 것은 아니다. 트랜스젠더 극작가이자 배우인 케이트 본스타인은 "성기 전환 수술 후에 내가 받은 가장 큰 선물은 남자였을 때 알았던 사람들과 다시 연락을 하게 된 것"이라며, "하나둘씩 과거의 친구들과 연락할수록, 내 삶의 연속성을 느낄 수 있"[3]었다고 술회했는가 하면, 트랜스 남성 방송작가 토머스 페이지 맥비는 남성으로 트랜지션한 이후에도 자신의 남성성과 불화하며 그 긴장 관계를 꾸준히 관찰하고 탐색했다.[4] 다큐멘터리 〈3×FTM〉(김일란, 2009)에 등장하는 세 명의 성전환 남성들도 성전환수술 혹은

2   벤 바레스, 조은영 옮김, 『벤 바레스―어느 트랜스젠더 과학자의 자서전』, 해나무, 2020, 128쪽. 한편, 자신의 아버지에서 어머니가 된 트랜스 여성 스테파니 팔루디의 생애사를 서술한 수전 팔루디는 트랜스젠더 회고록의 전형적·관습적인 형식을 따르기보다는, 오히려 모순과 균열, 전도된 선후·인과 관계를 드러내는 방식으로 그의 생애를 재구성했다. 수전 팔루디, 손희정 옮김, 『다크룸―영원한 이방인, 내 아버지의 닫힌 문 앞에서』, 아르테, 2020.

3   케이트 본스타인, 조은혜 옮김, 『젠더 무법자―남자, 여자 그리고 우리에 관하여』, 바다출판사, 2015, 205쪽.

4   토머스 페이지 맥비, 김승욱 옮김, 『맨 얼라이브―남자를 살아내다』, 북트리거, 2020.

트랜스젠더로서의 자기정체화 이전의 몸과 삶, 그리고 경험에 대해 서로 다른 이해방식을 보여주며, 이들이 스스로의 삶을 서사화하는 방식 또한 상이하다.[5]

이은용의 인물들은 트랜지션 이전의 삶을 말끔하게 봉인해 현재의 자신과 분리하기보다는, 오히려 봉인과 망각, 부인denial에의 욕망과 대면하는 자신을 재현의 대상으로 삼는다. 이를테면 「우리는 농담이(아니)야」의 '월경'에서, 트랜스젠더 남성인 '진희'는 트랜지션 이후 대개 남성으로서 성공적으로 패싱되지만, "4주에 한 번씩 맞아야 하는 테스토스테론"을 "깜빡"(33쪽)한 탓에, 어떻게 하는지도 까먹었던 "월경月經"(39쪽)을 기어이 작동시키는 자신의 자궁의 존재를 굳이 발설한다. 물론, "알아서 기능을 멈췄겠거니 싶었"(33쪽)던 자궁의 존재감이라는 것은 그것을 질문하는 이가 누구인지에 따라서 꽤 설명하기 어렵거나 까다로울 수 있다. 하지만 무엇보다 '대자연 속에서 몰래 생리하는 남성'의 초상을 아득한 태곳적·원시적 초상으로 묘사하며 자기희화화의 대상으로 삼을 때, 트랜스젠더의 몸은 탈역사적인 의료적 산물이 아니라, 수많은 균열의 경험과 모순된 욕망이 축적된 불균질한 아카이브로서 재발견된다.

「우리는 농담이(아니)야」의 '그리고 여동생이 문을 두드렸다'에

5   성적소수문화 환경을 위한 모임 연분홍치마, 『3×FTM—세 성전환 남성의 이야기』, 그린비, 2008.

서, 트랜스젠더 남성인 '문성'은 자신의 역사에서 "필사적으로 잊어버리려고 노력"하던 "그 시절"(128쪽), 즉 '아성'이라 불렸던 청소년기의 자신을 소환해 그와 농담하고 논쟁하고 연극하고 싸움한다. 아성과의 대면은 결코 '그때 그랬으면 좋았을 텐데'라는 가정법 과거완료의 어법을 차용한 소망충족의 방식으로 이루어지지는 않는다. 26세의 문성이 새로 만난 16세의 아성은 예전에 문성이 그랬던 것처럼 부모님과 불화하고, 연습하던 연극은 엎어졌으며, 〈방한림전〉의 '영혜빙' 역을 맡은 여자친구와 뜻하지 않은 방식으로 헤어진다. 문성은 결국 자신이 아성을 "더러운 터미널 화장실 칸 어딘가"(126쪽)에 내버린 채 혼자 살아남았다는 사실을 아프게 직시하며, 아성이 자신의 일부임을 받아들인다. 문성은 아성을 죽일 수 없고, 아성을 죽이지 못한 문성을 누구도 죽일 수 없기에, 문성과 아성은 "말없이 웃"(133쪽)으며, 다시 이야기를 시작한다.

트랜스젠더를 자신의 몸과 경험, 그리고 역사와 불화하는 존재로 재현하는 방식은 「우리는 농담이(아니)야」의 '변신 혹은 메타몰포시스'에서 '주인공'이 선택한 변신의 성격과도 관련된다. 어느 날 "사람들"이 찾아와서 "당신에게 열여섯 살 소년으로 살아갈 수 있는 기회"(66쪽)를 주겠다고 말했을 때, '주인공'은 별로 오래 고민하지도 않은 채 흔쾌히 승낙했다. 열여섯 살 시스젠더 남성의 몸. "균열하고 분열하는 정신도 육신도"(66쪽) 아닌, 혹은 아닐 수도 있는 몸. 어쩌면 그 몸은 트랜스젠더 남성인 '주인 공'이 할 수만 있다면 삶을 "리셋"(70쪽)해 갖고 싶은 몸일지 모른다. 그러나 작가는 그런 상황에서도 '주인공'에게 "균열하고 분열하는 정신도 육신도" 아닌 몸을 선사하지는 않는다. '주인공'은 트랜스젠더 소년/남성으로 살아온 자신의 삶을 "리셋", 즉 망각하거나 삭제한 채 열여섯 살 시스젠더 남성의 몸이 된 것이 아니다. '주인공'은 균열하고 분열하는 트랜스젠더 남성으로서의 역사를 그대로 간직한 채, 그것과 "계속 이어"(70쪽)진 채로 열여섯 살 시스젠더 남성의 몸이 된다. 열여섯 살 시스젠더 남성으로 사는 '주인공'은 여전히 균열과 분열의 언어를 말한다.

트랜스젠더 남성이 시스젠더 남성의 소년기를 욕망한다는 것은 트랜스젠더의 자긍심pride을 동력 삼아 작성되는 최근의 트랜스젠더 자기서사로서는 그다지 매력적이지 않을지도 모른다. 또한 트랜스젠더로 사는 일이 반드시 신체적 트랜지션을 요하지는 않는다는 점을 고려한다면, 시스젠더 남성의 몸에 대한 욕망은 부수적인 것으로 취급될 수도 있다. 하지만 이 모든 의심과 가설들을 이미 자신에게 수없이 던져봤을 '주인공'은 단언한다. "나는 정말 말 그대로 온몸으로 분투하며 살았습니다. 그 삶은 아무도 부정할 수 없어요. 나는 그 삶을 아주 소중히 여겼습니다. 그래서 이런 변신이, 선물처럼 주어졌다고 생각해요."(71쪽) 그러고는 이어, 명료하고도 간절한 언어로 다음과 같이 발화한다.

혹자는 마찬가지로, 남성으로 정체화한 그 순간부터 나는 남자였다고 말해줄지도 몰라요. 그건 맞는 말이에요. 하지만 육체의 괴리감은 어떻게 하죠? 이 몸이, 내 것이 아니라면, 나는 무슨 입술과 혀로 내 말을 해야 하나요? 맞는 말을 하는데도 평생을 무언가에 시달리는 기분이 든다면요? (70쪽)

미국의 트랜스젠더 작가 안드레아 롱 추는 "운 좋게도 겹치는 접두사와 그 힘을 가져다가 트랜스젠더를 위반transgression 정치의 마스코트로 삼는 데 아무런 거침도 없는 일군의 퀴어 이론가들"에게 일갈한다. 그들은 "수술"을 "개인적인 미적 선택"이라고 여기기에 "질을 가져야 진짜 여성이 될 수 있다는 믿음은 극도로 퇴보적"인 것이라고 말하지만, 롱 추에 의하면 트랜스젠더가 '다른 몸'을 욕망하는 것은 오로지 "미적인 목적"도, 오로지 "개인적인 목적"도 아니다. 그는 "미적 판단은 주관적이면서도 보편적"[6]이라는 점을 역설하면서, 트랜스젠더가 신체에 대해 갖는 느낌의 복잡성을 입체적으로 서술한다.

이미 "남성으로 정체화"했음에도, "이 몸이, 내 것이 아니"라고 여겨지기에 "맞는 말을 하는데도 평생을 무언가에 시달리는 기분이 든다"는 것. 그리하여 이은용의 '주인공'은 '트랜스젠더 남성의 몸과 경험과 역사를 간직한 시스젠더 소년'이라는 기이하고 중층

6　안드레아 롱 추, 박종주 옮김, 『피메일스』, 위즈덤하우스, 2023, 174~175쪽.

적인 몸을 발명해낸다. 그렇게 함으로써 그는 트랜스젠더가 갖
는 '다른 몸'에 대한 상상을 그저 아무런 모순의 흔적도 없는 매
끄러운 몸에 대한 욕망으로 수렴시키지 않으면서, 트랜스젠더의
몸에 작용하는 자유주의적 언설 역시 상대화하는 정합적인 의지
의 산물로서 설득해낸다. "네. 불완전해요. 모두의 인생처럼, 나의
지난 삶이 그랬고 지금 삶도 그래요. 내 기대와는 다르고 예상한
것과도 달라요."(72쪽)라는 '주인공'의 마지막 독백은, 시스젠더
남성의 몸을 정상화·자연화하는 퇴행적 주장과 거리를 두면서도,
불완전성이야말로 모든 몸을 통어하는 인간 존재의 공통조건
임을 간파한다. 그리고 이제 그는 "한결 아름다워"(73쪽)진 노래
를 부른다. 불완전한 몸으로 부르는 바로 그 노래야말로 "경계의
문"(64쪽)을 통과한 자의 자긍심일 것이다.

사라지는 것과 잘린 혀

이은용의 희곡에는 "암 언 아티스트 앤 트랜스젠더"
라고 당당히 외치며, 자신의 '비주류성'을 '퀴어성'으로 번역해 눈
앞의 벽을 가뿐히 뛰어넘는 기지 넘치는 순간이 수없이 등장한
다. 비주류성이 권력의 중심에서 벗어난 것으로 식별되는 특성이
라면, 퀴어성은 바로 그 특성을 '비주류'라고 분류하는 권력 자체
를 심문에 부치는 급진적 정치성이다. 그의 인물들이 남성과 여
성을 모두 경험했다는 테이레시아스의 이야기에서 "결국 테이레

시아스는 남자로 돌아가길 택했다"(14쪽)는 점에 주목하거나, "방한림이 왕에게 사실을 고백하지 않았다면" "남자로 죽을 수 없었을 거다."(122쪽)라고 곱씹는 것은, 자신에게 부여된 성별과 불화하는 존재로서 지닌 비주류성을 퀴어성으로 전유한 테이레시아스와 방한림의 선택을 깊이 음미했기 때문이다. "누군가는 선택지가 있을 때 그것을 택해야만 한다"(14쪽)라는, 희망이기도 하고 절망이기도 한 이은용 세계의 명제는 트랜스젠더의 자긍심이란, 결코 저절로 획득되는 자연적인 가치가 아니라, 그 선택의 불가역성을 기꺼이 감내한 결과로서만 얻어진다는 점과 관련된다.[7]
「우리는 농담이(아니)야」의 '유언장 혹은 우리는 농담이(아니)야'에서, 유언장을 쓰는 이들이 "살면서 죽음을 너무 많이 보았고, 힘든 일을 너무 많이 겪"은 조문객들을 "제발 그대로 두"(90쪽)라고 거듭 당부하는 것은 그것이야말로 그들의 자긍심을 대우하는

---

[7]   문화연구자 한우리는 인류학자 렌킨의 연구를 인용해, 헝가리의 LGBT 행진이 그 이름을 '자긍심pride 행진'에서 '존엄성dignity 행진'으로 바꾸는 과정에 개입된 우파 정치학과 그 협상의 결과를 언급한다. 이 사례에서 주목되는 것은 '자긍심'이 행동을 통해 성취되는 것인 데 반해, '존엄성'은 존재 자체에 이미 내재한 것이라며 양자를 구분하는 헝가리의 이성애 민족주의 우파 세력의 담론전략이다. 이들은 LGBT 행진이 보유한 정치적 급진성을 거세하고자 LGBT 정치의 '행동성'이 아닌 '존재' 자체만을 승인하는 자유주의적 담론전략을 동원했다. 이 글은 헝가리 우파세력의 이런 이분법적 의미조작과 담론구분에 동의하지 않지만, 최근 퀴어정치에서 '자긍심'과 '존엄성'을 성소수자가 자연적으로 확보하는 탈정치적 가치로 간주하는 경향에 개입하기 위해 '자긍심/존엄성'의 의미경합에 주목하고자 한다. 한우리, 「퀴어는 항상 급진적인가 — 퀴어리버럴리즘과 한국 퀴어시민의 위치성」, 『말과활』 12, 2016, 79쪽.

가장 정당한 방식이기 때문이다.

그러나 분투하는 삶에 대한 선물로서 자긍심을 말하는 이은용의 세계에는 자긍심의 노래로도 미처 상쇄되지 않는 죄책감과 상실감의 정서 또한 강렬하게 자리하고 있다. 과거의 나를 무참하게 버려두었기에 지금의 내가 살아남았다는 감각(「우리는 농담이(아니)야」 중 '그리고 여동생이 문을 두드렸다')이나, 자신이 친구의 전화를 받지 못해 친구가 세상을 떠나는 것을 막지 못했다는 자괴감(「가을 손님」)은 자긍심의 언어로는 차마 해소되지 않는 잉여의 정동이다. 그리고 그것은 억압된 그만큼 이은용의 인물들을 더욱 질기고 내밀하게 지배한다.

'사라짐/증발'이라는 사태와 '잘린 혀'라는 표상은 이 잉여적 정동이 만들어낸 가장 그로테스크한 화소다. 특히 '사라짐'은 이은용의 세계에서 가장 일상적으로 벌어지는 사건이다. 매일매일 이 "세 배속쯤 빠르게 돌린 재난영화"(18쪽)처럼 느껴질 만큼, 그의 세계에서는 하루가 멀다고 수많은 사람과 사물 들이 하나둘씩 사라진다. 이는 아주 높은 가능성으로, 성소수자·청소년·우울증 환자인 친구·연인·동료·이웃·시민들의 숱한 죽음, 취약한 이들의 죽음이 경악스러울 정도로 자주 들려오는 현실세계의 유비다. 물론, 그럼에도 마치 "어제의 사고가 없는 세계"(18쪽)처럼 아무렇지도 않게 계속되는 세상이야말로 가장 끔찍한 재난이고 말이다. 모든 것이 예고도 기약도 없이 사라지는 세계에서, 이은용의 인물 혹은 유령들은 "지독하게 외롭고 슬펐다"(187쪽).

흥미로운 것은 작가가 "매일의 죽음"(23쪽) 혹은 재난사고처럼 감지되는 이 '사라짐'이라는 사태를 능동적·적극적으로 전유해 특정 인물군을 의도적으로 없애버리는 대량의 "증발"(138쪽) 사태를 연출한다는 점이다. 「세상의 첫 생일」과 「우리는 그것을 찾아서」의 시공간은 "알 수 없는 이유로 성인들이 모두 사라져버린 세상"(136쪽)이다. "사람들이 스무 살만 넘으면" "군림하고 조롱하고 통제"(142쪽)하려 했기 때문이라는 것 외에 이 미증유의 사태를 해명할 방도는 없다. 그저 "원래 인생에선 늘 있던 사람이 갑자기 없어지기도 하는 법"(110쪽)이라는 속세의 말을 돌려줄 밖에.

가장 취약한 이들이 가장 먼저 사라지는 현실과 대비해, 힘센 이들을 없애버리고 가장 취약한 이들만 남겨둔 세상에서 "청소년"이라고 분류될 필요도 없는 청소년들은 "처음으로 내가 어린애도 소녀도 아닌 사람이 되었다"(144쪽)고 생각한다. 그러고는 이전까지 금기시된 성과 섹스에 대한 자유롭고 합리적인 상상을 마음껏 향락한다. 어른들이 증발한 세계에서, 이들에게 부여된 배역 '사람1'과 '사람2', '여자'와 '남자'는 비로소 마법처럼, 심상한 익명의 기호에서 고유한 실존의 이름으로 화한다.

하지만 마치 "사고"처럼 사람들이 속절없이 사라지자, 남겨진 인물들을 잠식하는 것은 '말하지 못한 것' 혹은 '너무 많이 말한 것'에 대한 멈추지 않는 후회와 죄책감이다. "도망치는 게 가장

편하"더라도 "오랫동안 그 사람과 지내고 싶다면, 그리고 이해를
받고 싶다면, 그땐 이야기를 해야"(115쪽) 한다는 것은 인물들이
부러 억압하고 차마 지키지 못하는 이은용 세계의 기율이다. 오
래전 가출한 자신에 대한 부모님의 반응을 궁금해하는 문성에게
"궁금하면 직접 가서 물어봐. 연락을 하고 얘기를 해. 항복하라는
게 아니라, 일단락을 지어."(113쪽)라고 조언하거나, 방한림이 왕
에게 사실을 고백했기 때문에 남자로 죽을 수 있었다고 성찰하
는 아성의 목소리는 기실 누가 언제 사라질지 모르는 세계에서
'충분히 말하지 못한 것'이야말로 이들이 간직해온 불안의 출처
일 수 있음을 암시한다.

 '충분히 말하지 못한 것'의 짝패는 당연히 '너무 많이 말한 것'
이다. 미국 시인 실비아 플라스의 「아빠daddy」[8]를 모티프로 삼은

8　실비아 플라스의 대표작 「아빠daddy」는 그가 1963년 2월 11일 자살하
기 직전인 1962년 10월 12일에 쓰여, 1965년에 출간된 유고 시집 『에어
리얼Ariel』에 수록됐다. 그는 독일계 폴란드 출신 아버지와 오스트리아계
미국 출신 어머니에게서 태어났는데, 당뇨병을 앓던 아버지는 치료를 거
부한 채 실비아가 여덟 살 때 사망했다. 실비아는 전능한 존재로 상상되
는 아버지의 사랑과 인정을 갈망하면서도, 아버지의 부재에 평생 사로잡
혀 있는 자신을 괴로워했다. 자신이 아버지의 영향력으로부터 스스로 벗
어나기도 전에 아버지가 자신에게서 떠나버렸다는 데 대한 깊은 절망감
은 "아빠, 난 당신을 죽여야만 했어요. / 그러기도 전에 당신은 돌아가셨
죠—"라는 시구에서 드러난다. 해당 시의 한국어 번역은 실비아 플라스,
진은영 옮김, 『에어리얼 ─ 복원본』, 엘리, 2022, 125~129쪽 참조.
1962년 12월, 실비아 플라스가 신작 낭송을 위해 출연한 BBC 라디오
방송 〈New Poems〉의 미방송분에서 그는 「아빠」를 다음과 같이 소개
했다. "이 시의 화자는 엘렉트라 콤플렉스를 가진 한 소녀이다. 그녀가

「엄마, 엄마」는 엄마에게 너무 많이 말한 '준영'과 평생 거의 아무 말도 하지 못한 '희수'의 대화를 위해 두 개의 서사적 시공간을 준비한다. 과거/현실에서 준영과 희수가 "서로 얼마나 증오하는

아버지를 신이라고 생각하고 있는 동안 아버지는 죽었다. 아버지가 또한 나치당원이었고 어머니가 유대인의 피가 섞여 있을 가능성이 매우 높다는 사실로 인해 그녀의 증세는 복잡해진다. 딸 속에서 그 두 혈통이 결합되어 서로를 마비시킨다―그녀는 그 무서운 작은 알레고리를 한 번 더 실연해야만 그것으로부터 자유로워질 수 있다."(Alvarez. A. "Sylvia Plath", *The Art of Sylvia Plath*, Ed. Charles Newman, Bloomington: Indiana UP, 1970, p. 65; 이현숙, 「실비아 플라스의 「거상」과 「아빠」에 나타난 자아 인식의 주제」, 『현대영미시연구』 10-2, 한국현대영미시학회, 2004, 130쪽에서 재인용)
아버지의 부재에 대한 원망은 실비아 플라스가 깊은 애정을 가졌던 어머니에게로 전이되기도 했다. 실비아는 "일을 하면서 동시에 어머니 노릇도 해야 했던" 어머니와 무척 친밀했지만, 자신의 내밀한 일기장에는 "어머니에 대한 적개심을 표현하고 나면 기분이 날아갈 듯 좋아진다. 내 심장과 타이프라이터를 짓누르고 앉은 공포심의 새로부터 해방되는 기분"(1958년 12월 12일 금요일 일기)이라고 쓰기도 했다. 그는 아버지의 부재가 어머니의 탓이라고 느꼈다. 실비아의 심리치료를 맡았던 루스 보이셔 박사는 실비아가 "어머니를 증오하는 일"과 "글을 쓰는 일"을 병행하고자 하는데, "소설을 쓰면 어머니한테 헌납해야 할 거라고 생각"하거나 혹은 "어머니가 그걸 차압해갈 거라고 느끼"기 때문에 "어머니를 증오하기 위해서는, 글을 쓸 수가 없"는 것이라고 진단했다. 이에 대해 실비아는 "어머니에게 주눅들지 않고 당당하게 글 이야기를 하면서도 글이 내 것이라 느낄 수 있으리라.", "내 글은 내 글이다. 그 속에 아무리 어머니의 인정을 받을 만한 자질이 많이 있어도, 절대 그런 목적으로 쓰지는 않으리라. 글을 잘 쓰면 어머니가 나를 사랑해줄 거라 기대해서는 안 된다."(1958년 12월 27일 토요일 일기)라고 다짐하듯 썼다. 실비아 플라스 사후, 그의 어머니 아우렐리아 플라스는 실비아가 남긴 일기 중 많은 부분이 자신에게 "대단히 고통스럽"고 "출판을 허가하겠다는 결심을 하기까지 대단히 힘이 들었"다고 말하면서도, "실비아 플라스의 작품세계에서 이 자료들의 중요성은 분명한 것이므로, 그 애의 정서적 상태에 대한 이해를 심화시키기 위한 목적으로 이 자료의 공개를 허가"한다고 밝혔다. 실비아 플라스, 김선형 옮김, 『실비아 플라스의 일기』, 문예출판사, 2004, 523~554쪽.

지에 대해 이야기하"는 "허심탄회한 대화"(167쪽)를 거의 하지 못한 모자관계라면, 현재/꿈에서 이들은 서로 이름을 부르며 함께 차 마시고, 담배 피우고, 대마에 취하고, 이야기하고, 늙어가는 동갑내기 친구이자 타자다. 'K장녀'로서 다른 가족 구성원들의 뒷바라지를 하다가 정작 자신의 꿈은 펼쳐보지도 못한 희수/엄마에게 꿈속 암스테르담은 한번도 "엄마 탓"(172쪽)을 해보지 못한 자신을 스스로 발화할 수 있는 예외적인 시공간이다. 반면, 준영은 이 특별한 시공간에서 "엄마랑 같이 대마를 피워봤으면 좋았겠다"(167쪽)고 생각해온 과거/현실의 소망을 성취한다. 트랜스젠더 남성인 자신을 받아들이지 못하고, 읽기와 쓰기를 포함한 많은 것을 통제하려 했던 엄마/희수를 현재/꿈에서 만나자, 준영은 그곳에서 작정한 듯 "성전환", "트랜스젠더"(168쪽)라는 단어를 분명하게 발음해본다.

엄마의 통제에서 벗어나고자 머릿속에서 엄마의 죽음을 거듭 상상하며, "아픈 엄마한테 하면 안 되는 말을 했"(175쪽)다는 준영의 죄책감은 곧 "반으로 곱게 잘린 준영의 혓조각"(177쪽)으로 현현한다. "엄마가 죽어야 내가 글을 쓸 수 있"(178쪽)다는 준영의 확신이 '엄마의 부재로 인한 절필감'이라는 예상치 못한 결과로 돌아오는 것은 곧 "말로 지은 죄가 많은 사람"(171쪽)의 혀를 반으로 동강내는 것처럼 준영이 스스로에게 내린 처벌이다. 다만, 준영은 '차마 하지 못한 말'과 '너무 많이 말한 죄과'를 동시에 상징하는 '잘린 혀'를 면피의 알리바이로 삼지는 않는다. 그가 잘린 혓조각을 화분에 심고 물을 주자, 그것은 다시 온전한 혀로 자라났고, 이제 혀는 준영이 하고 싶고 듣고 싶던 말을 해준다. 좀 전까지 혀로 분했던 희수가 준영에게 건네는 말은 "너 같은 아들이 있는 것도 괜찮"(181쪽)겠다며, "이제는 그 애가 하고 싶은 일을 다 하고 살았으면 좋겠"(179쪽)다는 것이다. 그 일이 "혀 자르고 싶다는 이야기"(180쪽)를 쓰는 것일지라도.

이은용의 세계에서 사람들은 때로는 사고처럼 황망하게, 때로는 장난처럼 짓궂게 사라지지만, 이들의 이야기는 결코 끝나지 않는다. 이들은 외국을 배경으로 하는 누군가의 꿈속으로, 자신이 찾아오기를 기다리는 지상의 친구 집으로, 무엇보다 "각자 가고 싶은 세상" "자기가 좋아하는 곳"(143쪽)에 간다. 마치 유언장이 "지금 살아 있는 우리가 어떤 모습인지, 나는 어떤 삶을 살고 싶었는지 보여주는 역할"(86쪽)을 하는 것처럼, 그가 농담처럼 끊임없이 사라짐 혹은 사라짐의 기미를 재현하는 것은 지상에서 아직 하지 못한 말을 거듭 기억하고 발음해보려는 마음 아니었을까. '잘린 혀'에 대한 이야기는 그것을 쓴 사람이 '온전한 혀'를 가졌기에 쓰일 수 있었던 셈이니 말이다.

오혜진(문학평론가)

〈우리는 농담이(아니)야〉 공연 기록

초연	기간	2020. 07. 23~2020. 08. 02
	장소	미아리고개예술극장

재연	기간	2021. 07. 22~2021. 08. 01
	장소	미아리고개예술극장

작 이은용 • **연출** 구자혜 • **프로듀서** 유희왕 • **출연** 최순진 조경란 전박찬 이리 성수연 박수진 나경호 김효진 • **무대·조명** 여신동 • **조명팀** 홍유진 김소현 임학균 서승희 정주연(초연) 홍유진 김휘수 윤혜린 정우원(재연) • **사운드** 목소 • **의상** 우영주 • **분장** 장경숙 • **조연출** 조민영(초연) 류혜영(재연) • **무대감독·조명오퍼레이터** 박진아 • **자막제작·오퍼레이터** 이효진 • **음향오퍼레이터** 임민정 • **수어통역** 김홍남 최황순 • **성소수자 수어용어협력** 한국농인LGBT 설립준비위원회 • **음성해설대본** 강내영 구자혜 • **디자인** 파이카 • **영상** 삼인칭시점 • **사진** 혜영 • **기획·홍보** 협동조합 고개엔마을 이채원(홀연) 이민영 • **관객과의 대화 사회** 정은영(초연) • **주관** 성북문화재단 여기는 당연히, 극장

ⓒ 혜영

이은용 희곡집《우리는 농담이(아니)야》독자 북펀드에 참여해주신
모든 분께 감사의 마음을 전합니다.

가연 • 가을이 좋은 • 강보름 • 강소영 • 강윤지 • 고낙원 • 고라니 • 고민주 • 고안나
고연옥 • 고은지 • 고은혜 • 고재귀 • 고주영 • 곽예인 • 구 • 구자윤 • 구하나 • 권김현영
권나오 • 권영인 • 권은미 • 규혜 • 극단 신세계 • 금개 • 금미향 • 금성인 • 길도현 • 김결
김경묵 • 김경서(얄리) • 김규은 • 김극렬 • 김기일 • 김나윤 • 김남희 • 김다인 • 김단
김대현 • 김땡땡 • 김루이 • 김미현 • 김민서 • 김민솔 • 김민조서연 • 김민지 • 김병운
김보영 • 김보은 • 김삐 • 김소영 • 김수민 • 김수수 • 김수정 • 김순남 • 김승철 • 김신형
김연우 • 김영빛 • 김영지버섯 • 김유정 • 김윤신 • 김은비 • 김은빈 • 김인주 • 김재원
김정우 • 김정원 • 김주원 • 김주원(2) • 김지수 • 김지수(2) • 김지예 • 김진아 • 김진이
김치오에이 • 김하은 • 김한민선 • 김한아 • 김향윤 • 김현수 • 김현우 • 김현정 • 김혜연
김홍요 • 김화주 • 김효은 • 김희수 • 끝까지살아남아서투쟁 • 나순이 • 나영정 • 남솔지
낮 • 노이정 • 놋 • 누다심 • 다연 • 다원 • 단수 • 도민주 • 도윤 • 돌기민 • 뚜기 • 뜸
라소앵 • 라시내 • 레나이동은 • 려수 • 류한솔 • 르네 • 리리브 • 리츠에게 • 마리 • 마리(2)
말랑 • 매니 • 맹무리 • 멋쟁이 • 메두사 • 멸종위기토종돌고래 • 모호 • 목소 • 목정원
문경록(깻녹) • 문보령 • 문상훈 • 문우 • 문주영 • 문하경 • 물개 • 물고기 • 물병 • 미나빵
미니 • 바다아빠 • 박강희 • 박나나 • 박다영 • 박도희 • 박명진 • 박민영 • 박민희 • 박서련
박소유 • 박수려 • 박수진 • 박수현 • 박영정 • 박유리안 • 박의빈 • 박인혜 • 박정원
박진서 • 박진아 • 박하늘 • 박현진 • 박혜영 • 박희정 • 방민희 • 방윤선 • 배서현 • 배선희
배세영 • 배현숙 • 배해튤 • 변승지 • 병현 • 보리 • 보영최 • 보통 • 본 • 부민경 • 브루넷
ㅅㅎㅇ • 상상만발극장 • 상훈 • 새길 • 서가영 • 瑞守 • 서연 • 서장원 • 서제교 • 서지윤
성냥 • 성연준 • 성해 • 세이디 • 소양 • 소연 • 소우현 • 손 • 손상호 • 손수아 • 손찰리 • 손희정
솔 • 송섬별 • 송영훈 • 송은정 • 송정효 • 송지은 • 수리 • 수영 • 수인 • 수진 • 수프 • 슝슝

시와 • 신나리 • 신여성 • 신유빈 • 신은비 • 신재 • 신재원 • 신지은 • 신효진 • 심세연

쌍문동 둥지 • ㅇㄱㄴ • 아밍기 • 아이소서 • 안세희 • 안소정 • 안소진 • 안수연 • 안태현

애리(AIRY) • 앤 • 얌삐 • 양근애 • 양미연 • 양선화 • 양승욱 • 양정현 • 양준서 • 어지영

에코 • 여래 • 여인서 • 연립서가 • 연혜원 • 예수정의열두제자 • 예준미 • 오니기리

오동석 • 오정주 • 오주현 • 오혜진 • 옥소연 • 왕지윤 • 우연 • 우지안 • 원 • 원아영

위정은 • 위트앤시니컬 • 유병진 • 유연주 • 유온 • 유정 • 유정미 • 유지은 • 유희정 • 윤단비

윤담 • 윤무아 • 윤미희 • 윤보라 • 윤서아 • 윤세진 • 윤소희 • 윤수련 • 윤수빈 • 윤슬

윤여준 • 윤캔디 • 은사자 • 이경미 • 이근혜 • 이길보라 • 이도원 • 이목화 • 이문경 • 이산

이산호 • 이서염 • 이서현 • 이선희 • 이세연 • 이소정 • 이수 • 이승혜 • 이승환 • 이심지

이안 • 이연주 • 이영현 • 이예본 • 이원희 • 이유경 • 이유라 • 이은결 • 이응 • 이인섭

이재미 • 이주은 • 이지민 • 이지원 • 이진 • 이진아 • 이창의 • 이채은 • 이하늘 • 이혜원

이혜인 • 이호림 • 이홍도 • 이효진 • 인서 • 일요 • 임수빈 • 임시극장 • 임예린 • 임유청

임인자 • 임현서 • 자줏빛 여름 • 장기영 • 장다나 • 장명선 • 장미희 • 장유빈 • 장윤실

장일호 • 장정선 • 장주성 • 재윤 • 재홍 • 전강희 • 전박찬 • 전서아 • 전영지 • 전윤표

전지영 • 전지환 • 정(씨)직원 • 정건담 • 정다현 • 정림 • 정섭 • 정수연 • 정수은 • 정수지

정슬기 • 정용림/아델 • 정윤종일 • 정은애(나비) • 정은영 • 정주희 • 정지은 • 정진새

정현경 • 조승혜 • 조연희 • 조영웅 • 조윤정 • 조은지 • 조인숙 • 조제인 • 조현진 • 조혜리

종우(고성욱) • 주보람 • 지강숙 • 지니 • 지동섭 • 지연 • 진강휘 • 진사야 • 진송 • 차연서

차정신 • 차화연 • 최강희 • 최구실 • 최나현 • 최리외 • 최민아 • 최보희 • 최샘이 • 최선우

최수민 • 최영현 • 최예슬 • 최은진 • 최이슬기 • 최자은 • 최정 • 최준 • 최지욱 • 최지인

최진영 • 최하정 • 최현수 • 최현정 • 최현조 • 추미선 • 추연우 • 추장의딸 • 타용/한솔

택 • 파니 • 파도 • 페미씨어터 • 포슬 • 퐝지 • 플라너즈 • 플랫폼팜파 • 하경 • 하다 • 하릴

하선율 • 하은빈 • 한고은 • 한윤미 • 한의영 • 한정인 • 한정화 • 한지혜 • 해랑 • 해랑(2)

해안 • 허준용 • 허지은 • 혜민 • 혜연 • 혜윤 • 혜진 • 호영 • 호영(2) • 홍기황 • 홍성훈

홍예당 • 홍예원 • 홍우 • 홍이정 • 황선미 • 황정은 • 효실 • 후사 • 희음 • 히디 • ardona

bzz • chungking • heenglow • Jinny • koldsleep • polyjean • taeppokp

초판 1쇄 발행 2023년 4월 26일

초판 2쇄 발행 2023년 7월 14일

지은이   이은용

펴낸이   김태형

펴낸곳   제철소

등록   제42014-000058호

전화   070-7717-1924

전송   0303-3444-3469

전자우편   right_season@naver.com

인스타그램   @from.rightseason

ⓒ 이은용, 2023. Printed in Korea

ISBN 979-11-88343-62-1 03810

왕은철 지음 [말·글]